致远方我的你

Zhi Yuanfang Wo de Ni

张小娴 作品

北京联合出版公司
Beijing United Publishing Co.,Ltd.

我们每个人心里的念念不忘：

她为什么要渴望一个不爱她的人爱上她，

而不是渴望自己不再爱一个不爱她的人？

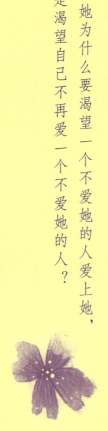

独白

目录

七

念

【一念】

红榴石

我并不是想去看她，
我只是想和你一起散步。

天蓝石
一念

你长得英俊潇洒，

她们都为你着迷。

但是，我告诉自己，

只有我和你那段纯纯的爱，

才会让你永远怀念。

后来我知道，

我这种想法是多么天真，

你根本不认得我。

孔雀石

（二念）

要一个原本不爱你的人爱上你，这个愿望未免太贪婪了。

祖母绿

〔四念〕

她错了，
她不该愿望
一个很有钱、
她爱他、
他也爱她的男人。
她要的，
应该是遗忘
往事的本领。

〔五念〕

猫儿眼

她突然明白以前多么傻，
她失去他是因为太在乎。

愚人金

从这一端到她那一端，

他身后的这段距离，

隔着无法向她坦白的秘密，

是他一生中最遥远的距离。

红缟玛瑙

直到一天，

你说，

终有一天，

我不再送你回家，

我们结婚了，

我的家就是你的家。

那一刻，

我知道我该走了。

我又回到我一无所有的家乡，

我想，说不定哪一天，

你会想起那个卖火柴的女孩。

我想你知道，她不曾忘记你，

也永远不会忘记你。

「月夜宝石，賜我愿望。」

宝石魔牌能实现任何愿望，

愿望实现以后，

命运也会朝着

意想不到的方向扭转。

你，真的要许愿吗？

第一章

红榴石

她曾在这里

尝过

幸福滋味

我 并 不 是 想 去 看 她 ，
我 只 是 想 和 你 一 起 散 步 。

晚春的夜雾笼罩着这个城市。她踱步经过市郊的公园时，看得见的只有前面几英尺的路。她穿着黑色束腰的大衣，双手深深地插在口袋里，头发随便用一条爬满动物图案的黄丝巾裹起来。

尽管是夜晚，她脸上依然习惯架着一副墨镜。她走路有一种优雅的节奏，即使没精打采，拖拉着脚步，还是显出一种明星气派。然而，这种气派也在逐渐消逝，就像一只高傲的白天鹅折损了一双翅膀。

许多年前，这个公园的心形湖上养着两只美丽的白天鹅。那时她还小，跟外公外婆住在附近的公寓。她常来这里玩，旁若无人地对着湖上的天鹅尽情高歌，每个听到她歌声的人都称赞她有一副天赋的甜美嗓子，将来会是个红透半边天的歌星。她曾在这个公园里尝过幸福的滋味。而今，附近的公寓全都拆了。自从最后一只天鹅老死之后，湖上已经不再养天鹅，湖水慢慢干涸，雪花石膏的湖底长出了青苔。这个荒芜的公园很快便会被夷为平地，连鸟儿都把它忘记。

她失神地走着，发现远处有一个提灯晃动造成的幻影。她往前走，来到心形湖旁边，白雾倏地消散，那个幻影原来是个老女人。老女人佝偻着身体，穿着黑色臃肿的长袍，头上包着一条猩红色有珠片和流苏的头巾，仅仅露出一双深洞似的大眼睛，右手拄着一根木手杖，手杖的顶端嵌着一颗圆形的月光石，石上雕了一张诡异的大眼孩子脸，面前摆着一个红色羽毛衬垫的小货摊，旁边搁着一盏泛着光晕的小油灯。

"原来是个小贩。"她心里说。

她没理会女人卖的是什么，继续往前走。这时，后面忽然响起一个干枯老迈的女声。

"小玫瑰。"

她猛然止步，不敢相信自己的耳朵。

"小玫瑰。"那个声音又唤了一遍。

她蓦地回头，那个裹着猩红色头巾的女人投给她神秘的一瞥，好像等她回去。

她不由自主地退回到红头巾女人的羽毛摊子前面。

"你认得我？"她沙哑的声音不带惊喜地问。

"很多人都认识你。"女人回答说，一双乌黑深邃的大眼睛周围布满皱纹。

"认识我又有什么稀奇？"小玫瑰冷冷地说。

"我是你的歌迷。"女人说。

"歌迷？"良久，小玫瑰惶颤笑出声。

原来还有人认得她。她没唱歌已经十七个月了，她以为所有人都已经把她忘了。

"谢谢你。"她微微抬起下巴，朝女人抛出一个微笑，就像她从前习惯向她的歌迷抛出微笑一样，然后，她踏出脚步想要离开。

"真可惜，你没法再唱歌。"红头巾女人说。

"你是谁？"她止步，回头看那女人，打量她。

"我是你的歌迷。"红头巾女人再一次回答说。

她咬着唇，恨恨地想着在舞台上失去嗓子的那个晚上，一切都离她而去了。十九岁那年，她发第一张唱片，三个礼拜便卖光，不断再发还是不断给抢购一空。她成了歌坛上一颗亮晶晶的明星，人们沉醉在她的歌声里，赞叹她的歌声能够抚慰每一个灵魂。

五年之间，她从一个平凡的女孩摇身一变成为最红的歌星，人们都喜欢她、羡慕她。有一次，在演唱会的记者招待会上，甚至有一位记者问她："小玫瑰，你有没有想过为自己的歌声买保险？"

她在台上粲然微笑，像一位深受宠爱的皇后，那是她一生中最光辉的日子。然而，五年的日子未免太短暂了。即使买下一份贵重的保险，赔偿的也不过是金钱，而不是她曾经拥有的风光。

十七个月前的那个晚上，演唱会的舞台上，她在歌迷的掌声中荡着缠满红玫瑰的秋千从天而降。灯渐渐亮了，乐队奏起第一首歌的音乐，她的声音突然哽在喉咙里唱不出来。她又慌又急，像掉了魂似的僵坐在秋千上。舞台上的灯仓皇熄灭，秋千载着茫然的她徐徐降下，几个工作人员冲上来把她抬走。他们在后台喂她温水，又为她按摩脖子。她终于开口说话了。

"我为什么唱不出来？"她紧张地问，喉咙里发出来的却是一个陌生而沙哑的声音。

起初，她以为自己只是短暂失声，这五年来，她的嗓子也确实累坏了。然而，她花光积蓄见过无数专家，也无法让嗓子复原。那个天籁似的声音已经飞离了她的生命。无数次，她躲起来试着唱歌，听到的竟是一个像猫儿嚎叫的声音。上帝既然赐给她动人的嗓子，又为什么要把那无情的手覆盖在她的嘴巴上？

时间渐渐消逝，复原的希望也从她心头幻灭。失去歌声，她也就失去了一切。她并不是被打回原形，因为原本那个十九岁的平凡女孩对未来是满怀梦想和憧憬的，而今却只留下一片荒芜。

"你还想唱歌吗？"红头巾女人神秘莫测的眼睛盯着她看。

小玫瑰抬眼朝她看，这时，她发现女人的羽毛货摊上放着一个幻彩色的牌盒，里面有一副纸牌。那个盒子初看是红色的，再看却像蓝色，倏忽又变成青色，好像不断在变换颜色。

看见小玫瑰盯着那副纸牌，女人对她说："这副纸牌能帮助人达成任何愿望。"

小玫瑰隔着墨镜眯起眼睛，看了看那副纸牌，脸上神色淡然。

"你不相信吗？"女人意味深长地望着她。

"除非，它是一副逢赌必赢的扑克牌。"小玫瑰不禁嘲笑起来。

"这副纸牌赌的是命运。"女人说。

"我的命运再糟糕不过。"小玫瑰苦苦冷笑。

"每个人都可以有一次翻身的机会。"女人的手杖在地上敲了敲，手杖顶端那颗月光石射出几道蓝色的光芒。

"你错了，不是每个人都可以翻身的。"小玫瑰说。

"那要看你有没有胆量。"女人默默地观察她。

小玫瑰狐疑地瞥了那副纸牌一眼，看不出它有什么特别的地方。

"这副纸牌只有二十一张，每一张上面都印有一种宝石，其中二十张都能帮助人达成愿望，但是——"女人停了一下，又说，"其中一张，是一颗黑色的冰寒水晶，抽到这张牌的人会下地狱。一百二十年前，就有一个富甲一方的人不幸抽中这张牌，掉进地狱里。"

"富甲一方的人，还能有什么心愿？"小玫瑰冷笑一声。

红头巾女人没回答，转了转手杖。

"我现在的生活跟地狱又有什么分别？"小玫瑰心里想，语带嘲笑地说，"要是这副纸牌能达成愿望，你也不用在这里摆摊子吧？"

红头巾女人没接腔，深洞似的眼睛看着小玫瑰，看得她浑身不自在。

"要卖多少钱？"小玫瑰终于问。她不知道自己为什么会问，就好像有人推了她一把似的。眼前这个女人分明是个骗子，但她已经没有什么值钱的东西可以给人欺骗了。六个月前，有一个神医说可以治好她的嗓子，结果拿了钱跑掉。

"只要把你身上的钱都给我就好了。"红头巾女人说。

"你以为我会上当吗？"小玫瑰断然说。

"你身上并没有带很多钱。"女人说。

小玫瑰诧异地看着眼前这个红头巾女人，微微一惊。

"我就只有这么多。"她把钱包里的钱全都掏出来丢到那个羽毛摊子上，说。

"真的只有这么多？"女人布满皱纹的手一边捡起钞票一边问。

她记起自己脸上那副名贵的墨镜，摘下来，说："这个你也拿去吧。"

红头巾女人拿过那副墨镜瞄了瞄，往身上的口袋里一揣，朝小玫瑰摊开她那只手，似乎还不满意。

小玫瑰突然记起今天手上戴着的是外婆死后留给她的一枚椭圆形的皮带金表，虽然是古董，却不值什么钱，她咬咬牙，脱下来交给红头巾女人。

红头巾女人把手表放在手里掂掂重量，终于露出满意的神情。她藏起手表，把那副纸牌交给小玫瑰。小玫瑰忙不迭想把牌盒打开来，女人立即抓住她的手。

"现在不能打开。"她警告说。

"为什么？"小玫瑰讶异地问。

"这副纸牌要在月圆之夜十二点钟才能打开，抽牌的时候，你要念一句咒语，然后说出你的愿望。"

"什么咒语？"

女人俯身向前凑到她耳边，小声说："月夜宝石，赐我愿望。"

女人的口气里有一股苦苦的药草味，她嗅不出那是什么药草什么花，只觉得突然跟她贴得那么近的红头巾女人害得她手臂上的寒毛顿时竖了起来。

"你要记着，一个人只可以许一个愿。当你的愿望成真之后，要想办法把这副纸牌送给下一个人，否则，你的愿望会马上幻灭，你会有一个很悲惨的下场。"红头巾女人说话时，仍然紧紧抓住她的手。

"我想不到有什么下场还会比现在更悲惨。"小玫瑰甩开红头巾女人的手，边说边把那副纸牌丢到皮包里去。

突然之间，不知从哪里飘来一片迷蒙白雾，沉沉罩住她和红头巾女人。提灯的光影陡地熄灭，她什么也看不见。她害怕起来，往后退了几步，伸出五根手指在雾中乱拨。终于，雾散了，红头巾女人和那个羽毛摊子却失去了形影。

她四处张望，心形湖旁边一个人也没有，只有一根红色羽毛在风中摆荡。她连忙打开皮包，看到那副纸牌还在那儿，牌盒这一刻是蓝色的，没有再变色。她倒抽了一口气，头也不回地把皮包紧紧揣在怀里，快步离开公园。

大概还有三天，月才会圆，她窝在乱糟糟的公寓里，成天听着自己以前灌的唱片。那时候，她的歌声多么甜美！而今听起来，竟像是另一个人唱的。

那副纸牌，她放在床边的柜子上，一直没打开。她突然发现自己是个不能再笨的笨蛋，竟然相信这副来历不明的纸牌会带给她一个愿望。那副纸牌静静地躺在那儿，宛若嘲笑她的愚昧。

三天里，她醒来又睡，睡着了就可以暂时忘记现实的残酷。这一天，当她醒来的时候，房子里黑黑的。她没开灯，却有亮光照在窗边。她蓦然惊醒，看看床边的钟，还有七分钟便是午夜十二点，一轮梦幻的圆月挂在天边，连一颗星也没有。

她起来披上一袭红色丝缎睡袍，走出睡房去倒了杯水。回来的时候，她看到墙上有几道红光晃动，床边那个牌盒不断变换颜色。她慌了，心跳扑扑。这时，她看到时钟指着十二点，她放下手上的玻璃杯，跪在床边，像虔诚的教徒般把手合起来，闭上眼睛，声音嘶哑颤抖地念："月夜宝石，赐我愿望。我想要回我的歌声，我以前的歌声。"

她睁开眼睛，迟疑了一下，从中间抽出一张纸牌。

看到牌面的那一刻，她笑了，把那张纸牌甩在床上。

牌面是空白的，连什么冰寒水晶也没有。那个红头巾女人根本就是个骗子。这种谎言，也只有她才会相信。她不用看也知道，剩下来的二十张纸牌全都是一模一样的。

她颓然滑坐在地上，屋子里突然卷起一阵风，杯子不住地颤动，杯里的水像沸腾似的泻出来，床单猝然被风卷起。她猛然哆嗦着回头，看到那个牌盒在月光的折射下幻变出几道蓝色的光芒。她用手遮挡着刺眼的强光，赫然发现床上那张空白的纸牌上冒出一点红色来。她爬过去，用颤抖的手拾起那张纸牌，牌面上的红色像一串玫瑰香槟泡沫般漫出来，顷刻间变成一颗红色的心形宝石，红得像血，辉映着亮光，纸牌上冒出"红榴石"的字样。

强风几乎把她吹离地面，她拼命抓住床脚。唱盘上的唱片在房子里回荡，唱着她以前的歌，那是她为一部人鬼恋电影唱的主题曲，歌词凄美，仿佛是从死亡世界唱过来的歌，她害怕了，大声喊："救命呀！"

就在这一瞬间，她发现自己听到的不再是那个已经变得像猫儿嚎叫的粗哑的声音，而是她遗失了的歌声。

小玫瑰复出了！

几份畅销报章的娱乐版头条全是这样报道。尽管大家对她"失而复得"的歌声感到好奇，争相追问她是不是遇上神医，或是服了什么灵药，小玫瑰只是带着粲然的微笑说："有一天，它自己突然回来了，就是这么简单。"

　　她把那张红榴石魔牌小心翼翼地放在她那个红色的娃娃屋铁皮箱里。这个孩子气的铁皮箱是她七岁那年外婆送的，配有一把金色的锁。经过这么多年，箱子已经有些锈蚀，她依然舍不得把它丢掉。

　　就在这时，她的电话响起。

　　"小玫瑰，我是巫清清。"电话那一头一个锐利的声音说。

　　巫清清是出了名的不择手段的娱乐记者，外号"巫婆"。小玫瑰刚刚失声的时候，巫清清对她穷追不舍，报道她落魄的生活。有一次，她喝醉酒，在酒吧外面摔了一跤，巫清清把那张偷拍得来的照片放在杂志封面上，讽刺她是末路歌后。

　　她从没这么讨厌过一个人，她真想把巫清清的头发全都拔光，那时候，她才真是名副其实的"毛清清"。而今，她收复失地，巫清清竟像什么事都没发生一样，再来找她，证明她重新有了利用价值。

　　"清清，找我有事吗？"她讨厌自己那种假惺惺的口吻，但是，对付巫清清，也只能用这种态度了。

　　"你这次复出，会不会再找严星歌帮你？你们还是朋友吗？"巫清清单刀直入地问。

"我还没时间去想。"她随便抓了几个字回答。

该来找她的人都来了，那些以前奉承过她的人、唱片公司、合作伙伴、记者，又重新簇拥着她，唯独严星歌没有出现，他就像从地平线上消失了似的。

她失声之后，严星歌离开了她。在她最需要他的时候，他撇下她走了。她多么恨他，却又想念他。那份想念与其说是爱，倒不如说是复仇的心。她想看到他吃惊和懊悔的神色，想告诉他说："你这个人，我当初看错你了。"

然而，严星歌躲到哪里去了？在她失声的那段日子，他并没有替其他人写歌，也似乎没人见过他，有人说他已经离开了这个城市。

"听说严星歌回来了，你知道吗？"巫清清在电话那头探听地问。

她真的想再见严星歌吗？要是只想复仇，也许不用见面。他会在报纸上看到她的消息，不久之后，他更会听到她的新唱片。这张新唱片的歌是由另一个当红的作曲家写的，她听过了，总觉得欠缺了一点什么，不像严星歌的作品那样适合她。

从前就有乐评家说："严星歌的歌只能由小玫瑰去唱。"

她和严星歌相识的时候才十六岁，他比她大一岁。他跟两个男孩子和一个女孩子组了一支乐队，她是后来加入的，成了乐队的主音歌手。

他们常常在社区会堂、学校和酒吧表演。在她加入之前，这支乐队几乎没有什么人认识。她来了之后，捧场的歌迷多了。严星歌的歌和词好像为她度身打造似的。他也好像一直在等一个这样的声音来唱他的歌。

初相识时，他是个羞怯的男孩子，才华横溢，却爱躲在一角，不管什么天气，头上老爱戴着一顶羊毛帽子。起初，她以为严星歌喜欢的是乐队里另一个女孩子苏苏。苏苏长得漂亮，身材又好。小玫瑰每次看到苏苏，心里总是酸酸的，只有当她拿起麦克风唱歌的时候，自信心才又回来了。

直到一天晚上，他们在一家酒吧表演，苏苏病了，没来。表演结束，那两个男孩子先走，剩下她和严星歌。

"苏苏会不会病得很厉害？"羞涩的他突然问。

她的一颗心下沉了，原来他心里只有苏苏。

"听说是重感冒。"她没精打采地回答。

"我们要不要去看看她？"他结结巴巴地说。

"这么晚？"她颇酸地问。

他看看手表，带着失望的神情说："是的，太晚了，她也许睡了。"

"还是去看看吧，说不定她还没睡。"她提议说。

他们一直走一直走。想到要把自己喜欢的男孩送到另一个女孩的窗前，她心里难过得说不出话来。离苏苏的家愈近，她的脚步愈沉重。她一边走，一边哼着他新写给她的歌。

她好喜欢这首《那些为我哭过的男孩》，每一次唱都会哭。今天晚上，她咬着嘴唇，不让自己哭。

终于，她看到长街尽头的一排粉绿色的房子，那是苏苏的家。

"到了。"她朝严星歌说。

他默然止步，两只大手紧张地扭绞在一起。

"她睡房的灯还亮着。"她酸溜溜地说，别过头不去看他。

良久之后，他大口吸着气说："我并不是想去看她，我只是想和你一起散步。"

她始终没把头转回来，偷偷用眼角的余光看他，看到他傻傻地杵在那儿等着她回答。他们走了那么多的路，原来他喜欢的是她。她笑开了。

　　一年后，她在酒吧表演的时候给唱片公司发掘。他们只要她一个人，不要乐队，她不肯，坚持要唱严星歌写的曲。唱片公司屈服了。第一张唱片空前成功，证明了她和严星歌是不能分开的。他们成了歌坛上响当当的两个名字。当那些记者问他们是不是一对的时候，她既不承认也不否认。她笑着对那些记者说："我喜欢生活中有点神秘感。"

　　他们拥有了名和利，一切看来那么顺利。然而，她做梦也没想到，她失声之后的六个礼拜，严星歌连一句话也没留下就走了。

　　他一定没想到她会复原吧？

　　这天晚上，她独个儿开着她的红色小轿车来到郊区的一排仓库外面。有人告诉她，严星歌在这里。她停了车走下来，朝那个黄色的仓库走去。她缓缓推开仓库的一道铁门跨进去。穿过一条幽暗的走廊，她听到人声和音乐声，看到一个短发女孩在打鼓，一个高瘦的男孩弹着电子琴，还有另外几个人忙着自己的事，竟没有人注意到脸上架着墨镜的她。

　　就在这时，一顶灰色的羊毛帽子在她眼前辉映着，她逐渐放慢步子。

　　戴着帽子的严星歌坐在一张没有靠背的高脚椅子上，低头调拨着手上吉他的弦线。

　　她缓缓来到他跟前，咬着嘴唇盯住他。他抬头，看到她的时候，脸上有些惊讶。

　　"我想找你写歌。"她没感情地说，就好像跟他谈一宗交易。

　　他没接腔，低头继续拨弄弦线。

　　"你要什么条件？"半晌，她带着些许微笑问。

　　"我不会再为你写歌。"良久，他回答说。

　　"难道你不知道，我已经复出了吗？"

　　"有很多人愿意为你写。"他说。

　　她带着抖颤的笑容瞅着他，说："对啊！太多人想我唱他们的歌了。"

　　严星歌没接腔。他早听说小玫瑰复原了，只是没想到她会来找他。

　　她环顾仓库里的人，问他："这是你的新乐队吗？"

　　他点点头，眼睛始终避开她。

　　"乐队不适合你。"她说。不管怎样，她相信她是最了解他的人。

他默然无语，心不在焉地拨着吉他的弦线。

"你为什么不敢看我？"她冲他说。

他缓缓抬起头，一双疲倦的眼睛定定地看着她，不说话。

她看着这双她爱过的细长聪明的眼睛，看到她曾经倾心的才华，也看到自己未死心的爱。她本来只是要来奚落他，却终于忍不住问他："我只想知道，你为什么在我最惨的时候离开我？"

他看着她的双眼，出奇地冷静，然后说："那也是我最惨的时候。"

她诧然凝望他。

"那时候我妈妈在医院。"他接着说。

她想起来了，她失声之后，有一天，严星歌很晚才回来。她问他去了哪里，他告诉她说："妈妈病了。"她烦着自己的事，没问下去，他也没说。

"伯母现在好吗？"她问。

"她走了。"他抿着嘴说。

"那时你为什么不告诉我？"她不解。

"那时候，没有什么比你能再唱歌更重要。"他回答说。

她哑然无语，用同情的眼睛看着他，摇摇头说："那时发生了很多事情。"

他从椅子上站起来，说："你能再唱歌就好了。"

"我想你再帮我写一首歌。"她吐了一口气说。

他看着她，平静地说："你刚来乐队的时候，烫了一个很丑的爆炸头，戴着一个很丑的鼻环，口红的颜色不配你，身上的衣服也不配你，但我觉得那时的你很美。比起后来那个自私的你，可爱太多了。"

她本来理直气壮来找他，这一刻却怔住了。

"你来，只是要我帮你写歌。"他说。

她咬着唇，不让自己哭出来。她用找他写歌来做开场白，只是出于强烈的自尊心，然而，就在此刻，却连她自己都不禁怀疑，她想要的并不是他，而是他的歌。

她首先想到的，总是她自己。

"我还以为我们什么都可以分享。"她颤声说。

他朝她看，没说话，即使说出来，她也不会明白，男人的自尊是多么难以启齿的一种心情。这些年来，她红了，他只是她背后的工匠。他想起那时候，他们籍籍无名，一天，他们经过一家有落地玻璃窗的漂亮餐厅，看到里面闹哄哄的，原来，当时最红的一个歌女正在餐厅里吃饭，一群歌迷把她簇拥着。他和小玫瑰都喜欢她的歌，他们两个鼻子凑到玻璃窗上，羡慕着别人的风光。这时，她转过头来跟他说："等我成名了，我要买很多很多把名贵的吉他给你。"

那时他就应该知道，他们之间有些事情是无法分享的。

"对不起，我要去练歌了。"他抛下一句话，从她身边走开。

她侧身让他通过，无言地看着他。

强劲的音乐响起，严星歌低头沉醉地弹着吉他，短发女孩使劲地敲着鼓，一双眼睛深情地看着严星歌。她讪讪地想，女孩也许是他现在的女朋友，而她自己，已经成了局外人。

她回到车上，摘下脸上的墨镜，隔着挡风玻璃看着空茫幽暗的远处。得到那副宝石魔牌之后，她只想要回她的歌声，没想过要严星歌回来她身边。他说得对，她爱的只有她自己。

夜里，她跪在床边，打开那个稚气的铁皮箱，拿出那张红榴石魔牌看。她的愿望成真了，却比从前孤单。严星歌早已经把他最好的歌写给了她，只是，她把一首好歌唱坏了。

　　她抬头凝望窗外，又是另一个月圆之夜，剩下的那二十张宝石魔牌，她要送给下一个人，否则，她的愿望马上会幻灭。她多么想把它送给严星歌，却又害怕他的愿望是把她变回去从前未成名以前的那个女孩。

第二章

天蓝石

给
遗忘了我的
你

你长得英俊潇洒，
她们都为你着迷。
但是，我告诉自己，
只有我和你那段纯纯的爱，
才会让你永远怀念。
后来我知道，
我这种想法是多么天真，
你根本不认得我。

"欢迎来到弟弟奇魔法世界！史上最出色的魔术师弟弟奇今晚为你献艺！请各位鼓掌！"一只红嘴绿鹦鹉雀跃地拍着翅膀说。

"闭嘴吧！蠢材！弟弟奇已经死了！"一张布满油垢的脸从一辆旧车底下钻出来。是一个年轻的修车工人在喊。

这间修车房里停着几部老旧的车子，空气中飘浮着一股机油味，系着脚链的鹦鹉被拴在一根铁管上，脏兮兮的。

鹦鹉没泄气，把刚才的话又重复一遍，毕竟，当了"弟弟奇魔术团"的报幕员十五年，要改变过来并不容易。从前，魔术师每晚还给它一袭金色斗·篷穿呢。它在台上不知多么威风。

"吵死了！"那个不耐烦的修车工人朝鹦鹉甩出手上的一把螺钉起子。

绿鹦鹉连忙把头侧过去避开了，没敢再说话，一颗凄凉的眼泪从它眼里淌下。"日子难过啊！"它心里慨叹。自从三年前魔术团解散后，它的同伴们，那些白兔、鸽子、小狗，还有魔术女郎，都已经各散东西。它辗转被卖到这间又脏又破的修车房，漂亮的羽毛沾上了洗不净的油垢，成天听到的都是粗声大气的咒骂。他们以为它是谁呀？它可是伟大魔术师的伟大报幕员呢！它仰脸看着永难企及的一片蓝天，开始相信，也许，弟弟奇真的死了。

初秋悄然降临在这个美丽的城市，最后一群百灵鸟朝南方飞去。今年的天空有点不寻常，从夏天一直蓝到初秋，白天是粉蓝，晚上深得像蓝宝石，即使下雨，也不曾转成灰色，好像要把人生所有的愁苦驱走。然而，有一个人，他心中的一片蓝天却已经一去不返。

寂静的街道上，弟弟奇穿着黑色细条纹西装，浓密的黑发乱蓬蓬的，一脸络腮胡，一双修长的手从袖口露出来，右手手腕上戴着一只黑色皮带的古董金表，眼神落寞，即便如此，优雅的风度依然迷人。然而，俊朗外表底下的那颗心，对外在的一切早已经没有任何感觉。

他像做梦般走着，一群百灵鸟从他头顶飞过，他看不见。几个穿着白色校服短裙的少女嬉笑着打他身旁走过，炫耀着最灿烂的青春，他看不见。一个头上裹着爬满马儿图案的米色丝巾、穿着红裙子、脸上架着墨镜的女人跟他擦肩而过，他看不见，女人那双藏在墨镜后面的眼睛却盯着他看了一会儿。

他一步一步走向他的避难所——一幢灰蓝色大门的旧式六层公寓。年轻的小个子管理员是从乡下来的，并不知道他曾是名满天下的魔术师弟弟奇，一直把他当作普通的住客看待。

弟弟奇进了电梯，按了楼层，电梯往上升到四楼，颠了一下停住，然后门开了。弟弟奇机械地朝自己的公寓走去。他左手掏出钥匙插在匙孔里，把钥匙转动了一下，门打开了，他疲乏地往里走。

房子里只有一张床铺，其余的地方都堆满了大大小小的魔术道具，有刀锯美人用的大木箱和利刀、用来锁住魔术师的金色华丽铁铸大鸟笼、一匹给拆了下来的旋转木马，还有数不尽的黑色圆礼帽和魔术师的金披风,这些东西而今都封尘了,几根原本饰在大鸟笼顶上的彩色羽毛在尘埃中飞扬,像是送葬的人往墓穴上撒的鲜花。

弟弟奇把从外面带回来的一瓶酒放在桌子上,脱掉外衣,在乱糟糟的五斗柜上找到一只平底酒杯。他把那瓶酒重又拿起来,夹在右边腋下,左手旋开盖子,将酒缓缓倒进杯里,倒得满满的。

他在窗前的一把红丝绒扶手椅子上坐了下来,叉开双腿,右手拿起酒杯,这只手不自觉地些微抖颤。他啜了一口酒,又一口,空空地等着漫长的一天过去。这时候,窗外飞来一只雪白的鸽子,窗子没打开,鸽子栖在窗边,一双稚气的小眼睛隔着一扇窗看着屋里的人,那颗小脑袋依恋地抵着窗。

"走吧!"弟弟奇跟它说,仿佛它听得懂似的。

鸽子拍拍翅膀,在窗外徘徊,不肯飞走。

"傻瓜,魔术团已经解散了,难道你还不知道吗?"带着醉意的弟弟奇干干地说。

三年前,他把团里的绿鹦鹉、白兔和鸽子都放走了,他再也用不着它们,唯独这只右眼下面有一根金色羽毛的鸽子一直不肯走，每天都来看他。他狠心地关起窗，不让它进来，不给它食物，它却依然傻气地以为旧时的主人总有一天会为它打开一扇窗。

在弟弟奇那遥远的故乡小镇，学校里那个顶端冒泡的喷泉上也常常有鸽子飞翔。那时候的他并不爱读书。

他是个反叛的穷孩子，九岁那年结交了一帮坏朋友，跟着一个比他大几岁的小流氓，专门在镇上打荷包。他聪明、动作敏捷，仿佛是天生吃这碗饭的。

一天，他在镇上一家小旅店外面盯上一个衣着富贵的老男人，看来是个外地人，正欢欢喜喜地四处逛。弟弟奇朝他走去，经过他身边时，不动声色地偷了他口袋里胀满的荷包。

当他以为得手的时候，这个外地人突然一把抓住他。

"你干吗？快放开我！"他装着一脸无辜地喊。

外地人那双锐利的眼睛盯着他看，很快就从他身上搜出自己的荷包。

"先生，我下次不敢了！"他挣扎着恳求。

"可惜了这双手。"外地人抓住他那双小手说。

弟弟奇以为这个外地人要把他双手拧断，他拼了命挣扎，哭喊着说："先生，我以后再也不敢了，求你放过我吧！"

外地人没放手，盯着他，意味深长地说："小子，你知道一双手可以改变命运吗？"

他怔怔地看着外地人飞扬的眉毛和那双魔幻似的大眼睛，是这双眼睛救赎了他。从此以后，他没有再去偷窃，而是学会了偷龙转凤和偷天换日的本领。外地人原来是个很有名的魔术师，一年前知道自己患上了不治之症，没剩下多少日子，决定寻找一个有天分的接班人，把自己毕生的本领传授给这个人。

弟弟奇是个魔术奇才。他跟着老魔术师到处跑江湖，学习魔术，照顾成群的鸽子和白兔。他学得很快，青出于蓝。老魔术师临死的时候，抓住他的手，说："弟弟奇，你将来会比我出色很多，你有一双无人能及的快手。"

这个改变他命运的老好人走了。当弟弟奇终于拥有自己的魔术团，已经是他离故乡很远的时候。弟弟奇喜欢破天荒的演出，有一回，众目睽睽之下，他在三十秒之内把市内著名的星芒珠宝店和里面价值连城的珠宝变走，应邀出席这次世纪魔术表演的绅士淑女们看傻了眼。

从那以后，人们称他"魔幻之手弟弟奇"。然而，他做梦也没想到，他创造了无数神话，却栽在一件简单的道具之上。那是一个酷似古代刑具的斩头机，由上下两把锋利的铡刀组成，他打算把自己的脑袋搁在刀锋上，然后拉下绳索，当上面的一把铡刀放下来，他便会马上身首异处。这当然只是障眼法，但是，也够惊险的了。他每一次表演的时候，台下的女观众都吓得尖声大叫。当她们看见他的头完好无恙的时候，也都忍不住哭了。

一天，他待在后台那把魔术师的银色高背椅子上休息，连续一年马不停蹄地巡回演出让他有点累了。

"阿弟！阿弟！"养了十五年的红嘴绿鹦鹉亲昵地叫他。

他转头朝这个资深的报幕员看，起来喂它吃几颗瓜子。就在这时，他看到一只好奇的鸽子飞到那把锋利的铡刀上。眼看它将会割断小小的脚爪，他连忙伸出右手捡起那只鸽子，却没留意到一只小狗正在咬着绳索玩。就在他伸手去抓住鸽子的当儿，那把铡刀砰的一声落下。鸽子吃了一惊，猛拍翅膀飞起，白色羽毛上溅满了魔术师的鲜血。

弟弟奇痛得昏了过去。为他做接驳手术的是市内最有名的一组专家。由于切口完整，接驳手术非常成功。然而，一切已经跟以前不一样了。这只复原的右手可以用筷子吃饭，可以换衣服，看起来就跟以前一样，却没法再灵巧地从袖管里变出一只鸽子，即使简单的魔术也办不到。

是这双手扭转了他的命运，也是这双手改变了他的命运。他失去了他的魔幻之手，再没有什么比这更令他难受了。

"不做魔术师，你还有很多事情可以做。"那位拥有一双妙手的主治大夫对他说。

弟弟奇从此没有再见这位大夫。

他解散了魔术团，发现酒是最好的魔术液，人喝了，就能忘记许多事情，唯有醒来的一刻才记起绝望的感觉多么熬人。

夜已深，窗外的鸽子不知什么时候静静地飞走了，弟弟奇一动不动地昏醉在床上。

直到蔚蓝的天空明亮了这个城市，弟弟奇依然在梦里再一次做着鸽子衔走了他一只手的噩梦。突然，门铃响起。

还有谁会来找他？他已经隐姓埋名三年了，他依稀以为自己还在梦里，倒头再睡，门铃又响起来。

他走下床，把门拉开了一条缝，站在门外的女人是他不认识的。

"是弟弟奇先生吗？"女人甜美的声音问。她脸上架着一副圆形的墨镜，像一个"8"字横挂在鼻梁上，头上裹着一条爬满马儿图案的米色丝巾，个子小小，身上穿着一袭红裙。

"你是谁？"弟弟奇觉得自己好像听过这个动人的声音。

"可以让我进去吗？"

没等弟弟奇回答，女人侧身进来，把身后的门带上。

"你怎么知道我住在这里？"弟弟奇问。

"我昨天在这附近碰到你，我小时候看过你的魔术表演，很精彩，一生都忘不了。"

"小姐，你想说的就是这些吗？"弟弟奇倒了一杯酒，在红丝绒椅子上坐了下来。即使面前站着的是个不速之客，他也没有什么感觉了。

她用丝巾和墨镜把自己裹得严严实实，装得比真实年纪老成，又故意把声线压低，是怕弟弟奇认出她就是那个歌星小玫瑰；然而，看到屋里那些魔术道具，她却按捺不住一颗童心，走上去摸摸那个刀锯美人的大木箱，想看看它到底藏着什么机关。

"你受伤的事，我在杂志上看过。"她看了看弟弟奇，说，"那以后，魔术就好像从这个世上消失了。"

弟弟奇啜了一口酒，没回答。

小玫瑰走进那个华丽的金色大鸟笼，又走出来，朝魔术师说："我可以帮你。"

弟弟奇眼睛没抬起来。这一生中，数不尽的女人向他献媚。她们有些是晚上来，第二天早上就走，能够和他睡，好像是她们平淡人生中的一场魔法。面前的这个女孩跟她们又有什么不同？也许，她是更骄傲一些，以为可以用爱情来抚平他的伤口。

"你还相信魔术吗？"小玫瑰从皮包里掏出那副剩下二十张的宝石魔牌，放在弟弟奇面前的小圆桌上，手轻轻挪开一些。

弟弟奇看了看那个幻彩牌盒，它看上去是红色的，一瞬间，好像变成黄色，然后又变成绿色。

"这副纸牌能帮助人达成任何愿望。"小玫瑰润了润嘴唇，说。

可惜弟弟奇已经不会笑，否则，他真的会忍不住大笑出声来。他收藏的任何一副魔术纸牌都比这副纸牌漂亮。

"我知道你不相信，我自己第一次看到这副纸牌的时候也不相信。"她说，"它是真正的魔术，反正，你已经没有什么可以失去了。"

他禁不住抬眼看着这个声音如歌的女孩，才第一次见面，她为何会知道他心中所想？

"我明白一个人失去了天赋的那种感觉。"她说。

"你以为这个世界真的有魔术吗？不过是障眼法而已。"他讪讪地笑了。

"这副纸牌有二十张，每一张上面都印有一种宝石，其中十九张能帮助人达成愿望，但是——"她停了下来，看了看魔术师，说，"其中一张是黑色的冰寒水晶，抽到这张牌的人会立即下地狱。"

"小姐，难道你现在看到的不是地狱吗？"他啜了一口酒，说。

"我是真心想要送给你。"小玫瑰低声说。

"既然这是宝物，你更没理由送给我。"他把杯里的酒喝光，说，"到底是你醉了，还是我醉了？"

"我已经得到我的愿望，要是我不把这副纸牌送给下一个人，我的愿望会马上幻灭，下场会很悲惨，所以，我是基于很自私的理由送给你的。"

弟弟奇站起来去找自己的外套和钥匙，说："对不起，我要去买酒。"

"魔术师，连你也不相信魔术，谁还会相信？"

他心头一震，颤抖的手拿起一串钥匙，朝她说："你喜欢的话就把它留在这里吧。"

然后，他伸出右手想拿起那副牌。

"你现在不能打开。"小玫瑰的手立即按在他那只手上说。

"小姐，我已经没兴趣跟你玩游戏了。"他愠声道。要是从前，她的手怎么可能比他快？他不免心中有气。

"这副纸牌要在月圆之夜十二点钟才能打开，抽牌的时候，你要念一句咒语，然后说出你的愿望。"

"咒语？"

"月夜宝石，赐我愿望。"她的声音不由得轻颤。

弟弟奇把右手缩了回来，没好气地穿上外衣，他压根儿不相信什么魔牌。

"愿望成真之后，你要想办法把这副牌送给下一个人，否则……"她叮嘱他。

"你是说，我的愿望会马上幻灭，我的下场会很悲惨，对吗？"他问。

小玫瑰认真地点了点头。

他打开门，疲倦的眼睛朝她看，示意她离开。

"祝你好运，魔术师。"再一次，她以如歌的声音说，然后走出这个破落的魔术团，黑裙子上粘着一根粉红色的羽毛，随着她的背影摇摆。

他看着那个背影，晕眩了，只当是一场醉梦。

直到一天晚上，一轮黄澄澄的圆月浮上了天际，他孤零零地坐在窗边喝酒。那只右眼下有一根金羽毛的鸽子又飞来了，恋恋地栖在外面。三年了，它老了许多。

"走吧。"他对鸽子说。

鸽子却还是不肯走，好像以为终有一天可以进屋里来。它比魔术师幸福，它至少还有一个希望。

伸手去倒酒的时候，他看到手表上的时间，还有三分钟便是午夜十二点。月光下，他右手手腕上那道接驳手术留下的疤痕清晰可见，像一条束缚着他的锁链，一辈子也解不开。人们难免觉得他贪婪，他得回一只手，不过是不可以再玩魔术罢了，不是应该庆幸吗？

然而，不能够再玩魔术，跟死去又有什么分别？

"月夜宝石，赐我愿望。我要我的右手像意外前一样，我要我的魔幻之手。"他毅然念着，发抖的手打开牌盒，紧张地抽出倒数的第二张牌，自己没看，贴在窗子上，给外面的鸽子看。

身为伟大的魔术师，他很想再相信魔术一次。

鸽子好像在看，也好像没看，鼓翅在窗外盘旋。弟弟奇屏着气把那张牌翻过来，牌上印着一颗鹅卵形的天蓝石，斑驳亮丽的颜色像晴朗夏天的暮色。他满怀希望地捏捏右手的大拇指。

一如他所料，那只手一点儿感觉也没有。那道疤痕依旧可恶地锁住他。他知道，魔术已经永远从他身上消失了。

猝然之间，外面卷起一阵风，鸽子受惊，鼓翅朝夜空飞走。房间里所有东西都在移动，金色大鸟笼倒了下来，压着那个旋转木马，七彩的羽毛在飞扬的尘埃中乱舞。弟弟奇继续喝着酒，杯子里的酒满满当当的，他丝毫没有感觉。

直到他面前的小圆桌不停晃动，那瓶酒掉了下来，他下意识伸出手去抓住酒瓶，就在这一瞬间，他吃惊地发现，自己这一下出手多么快，又多么准。

他战栗着站起身，放下酒瓶，抬起眼睛，看到漫天在他头上飞舞的羽毛，其中只有一根是金色的。他伸出右手，朝头顶抓了一把。然后，他缓缓摊开那只手掌。当他看到掌心上的那根金羽毛，他发着抖哭了。这时，他看到右手手腕上的疤痕渐次褪色，变得平滑，最后竟然消失了。

三年来，弟弟奇头一次打开公寓里朝北的一扇窗。天空一片澄澈的蓝，秋风送来些微寒意。弟弟奇伸长脖子大口呼吸外面新鲜的空气，然后，他在窗边撒下一些饲料，等那只忠心的鸽子来吃。

"这只懂性的鸽子待会儿一定很惊讶。"弟弟奇心里愉快地想着。

他对着浴室的一面镜子刮胡须，享受着右手拿着刮须刀转动手腕灵活地刮胡子的快乐。一夜之间，他发觉自己年轻了，神采飞扬。从浴室出来，他卷起衣袖收拾乱糟糟的房子，把那些尘封多时的魔术道具重新整理一遍。过几天，他要通知他那位很有办法的经理人，他要复出。

"你这只手没事了吗？"他的经理人到时候必然会吃惊地问。

"你忘了这只是魔幻之手吗？"他会这样回答他。

弟弟奇一次又一次看着自己的右手，那道疤痕不见了，一切跟意外前并没两样。他以为是梦，担心转瞬之间会被打回原形，但是，他醒来，忐忑地睡着，又战战兢兢地醒来，甚至狠狠咬了自己的右手一口，才确信这只手已经奇迹般复原了。

复出之后，他要表演一套前无古人的魔术：他打算把本市地标的那幢摩天大楼变走。他会把一个金发美女变成一只右眼下面有一根金羽毛的鸽子，让它衔走那幢摩天大楼。

这个复出的魔术表演肯定会震惊全市。等鸽子飞来，他要好好训练它。然而，已经三天了，窗边的饲料原封不动，鸽子并没有飞来。三年来，弟弟奇从来没像这三天那么盼望它。原来，他对它已经有了感情。

他穿上那套黑色的细条纹西装外出，想去看看那幢摩天大楼。他要仔细研究它，想出毫无破绽的方法让它一瞬间给鸽子衔走。他把摩天大楼里里外外兴奋地研究了一个早上，在附近的高级餐厅奖赏自己一顿三年来最丰盛的午餐。

回家的路上，他迈着轻快的脚步。一群百灵鸟从他头顶飞过，他仰头看着它们灰灰的肚子。几个穿白色校服短裙的少女嬉笑着从他身旁走过，他微笑着跟她们点头，看着她们在风中扬起的裙子，仿佛重新找到活着的乐趣。然而，就在他目光转回来的一刻，他看到一棵树下，几片枯叶覆盖着一个小小的枯干的尸体，仅仅露出一只瘀红色的脚爪。

他心头一紧，蹲下去掀开那几片枯叶。他猜得没错，下面躺着他这三年来最忠心的一位朋友，它眼睛闭上了，肚子被弹弓打出了一个血洞，伤口的血已经干涸。

弟弟奇从怀中掏出一条深蓝色的手帕，抖开来，包裹着这只可怜的鸽子。它定是在飞去他家的途中给一群无耻的顽童杀死的。他把它的尸体埋在树下，覆盖上泥土，明白他撒在窗边的饲料将空空地等着一只不会再飞回来的鸽子。

把鸽子葬好之后，弟弟奇站起来抬眼看见一片天空，突然之间，他发现那幢摩天大楼对他一点儿意义都没有。

第二天，他买了一张车票，回到他那个喷泉上有鸽子飞翔的故乡，去见一个人。

熬过一趟长途车，弟弟奇重又回到他的故乡。这个北方小镇的车站依然破旧简陋，外面冷冷清清的，小雪翻飞而下。

他招了一辆出租车。

"先生，你是从哪里来的？"戴着一顶破帽子的年轻司机问他。

弟弟奇没回答，司机径自说："看你的打扮，是从大城市来的吧？这里没什么好玩的，是来探亲吗？"

车子经过弟弟奇以前念书的那幢小学，他隔着蒙霜的窗子看到那个顶端冒泡的灰色喷泉，因为下雪的缘故，四周没有鸽子飞翔。

车子一直往前走，终于停了下来。

"先生，原来你要来这个地方。"那位司机回头跟他说，眼睛打量他。

弟弟奇多付了一点小费，下了车，走进这座荒凉的墓园。他花了一点时间才找到那块躺在柏树下的白色大理石墓碑。他从没看过他母亲的墓。离开故乡之后，他没回来过。这些年来，他没有一刻停下来，母亲只能跟他通电话，或者找人写信给他。母亲病重的时候，他正在举行巡回表演，只好托他的经理人找人照顾她，给她大笔钞票。当这个善良的女人死时，他也没赶得及回来。

他怔怔地看着墓碑上的雪花。一个穿着灰蓝色制服的瘸腿老人一拐一拐地走过来，皱褶的眼睛看了他良久，几乎兴奋地叫出来："你是弟弟奇！"

弟弟奇朝老人看了看，老人看来是这个墓园的管理员。

"你不认得我了？"老人带着失望的眼神说，"你小时候，我见过你。你妈妈死了以后，你托人每个月寄钱到墓园办事处，要我们好好打理她的墓。"

为免让老人失望，弟弟奇装着认得他，朝他微笑点头。

"你看！这里连一根杂草也没有！"老人指着弟弟奇母亲的墓碑，骄傲地说，然后又说，"你来看她就好了，以前只有一个女人常常来看她，这几年，再没见她来过。"

"那个女人是不是个子小小、大眼睛，长得很漂亮的？"弟弟奇讶然问。

"对呀，因为漂亮，所以我才记得她。"老人笑笑说。

"你知道她住在哪里吗？"

"她就住在镇上最老的那幢小学旁边。"老人回答说。

那不就是弟弟奇刚才经过的母校吗？学校附近有一排灰灰的破落的公寓，阳台上晾着衣服，几个小孩在街上玩雪。

弟弟奇走出墓园，那辆载他来这里的出租车停在外面，年轻的司机把头伸出车窗说："先生，我想你还会去别的地方，所以在这里等着。"

弟弟奇上了车，车子往回走，停在一排公寓外面。

"先生，到了。要我在这里等你吗？反正今天不会有什么生意了。"司机回过头来说。

"好的。"弟弟奇回答说。

他下了车，在毛茸茸的雪中翻起衣领，抬头看看这幢破旧的公寓。几个在外面玩雪的孩子朝他看了看，没认出他来。他曾经以为故乡里每个人都认识他，原来这不过是他在千山万水之遥多么自大的想法。他遗忘了故乡，故乡也遗忘了他。

他悄悄走进公寓，来到一扇陌生的家门前。一阵惆怅涌上心头，他敲了敲门。

过了一会儿，一个漂亮文静的女人来开门，她披着长直发，身上穿着白色的毛衣和碎花裙子。看到弟弟奇的时候，她先是吃惊，然后露出粲然的微笑："弟弟奇，你怎么会来这里？"

他歉疚的眼神看着她，说："我回来看我妈妈。"

"请进来。"她说。

他走进屋里，脱掉大衣。她接过他脱下来的大衣，扫走上面的雪花，把大衣挂起来，问他："你要喝点什么？咖啡好吗？"

他微笑着点头。她美丽的大眼睛笑了笑，走进厨房煮咖啡。

屋里搁着一台电暖炉，空气中弥漫着棉被温暖的味道，鹅黄色沙发上散着几本书，白色的木床旁边放着一台黑色直立式钢琴，琴键已经发黄。他走过去，摸摸那一排琴键，心里突然觉得难过。

然后，他闻到了咖啡的温暖的香味。

她端着咖啡走出来，把杯子放在茶几上，朝他微笑着说："请坐。"

她自己先在沙发上坐了下来，他于是拉了一把椅子，坐在她面前，啜了一口热腾腾的咖啡。

她笑得像个天使。一路上，他还担心她不会让他进来。

他曾经像遗忘故乡那样，遗忘了她。直到三年前的一天，他收到一封信。那封信厚厚的，字体小而潦草，是个有点熟悉却记不起的女人的笔迹，没有写信人的地址，也没留下名字。他觉得奇怪，于是把信打开。"给遗忘了我的你。"这是开头的称呼，他有些讶异，好奇地往下读。

我带着皮箱回到我们的家乡，外面下着大雪，我在窗子旁边给你写这封信。请你放心，我不是要责备你，不是想要求些什么。我已经回来了，不会再找你，也不会再写信给你。

致遗忘了我的你

当我们还是孩子的时候，我住在你隔壁。你还记得那个比你小一岁、大眼睛的瘦弱女孩吗？生母在我很小的时候过世了，我跟着酗酒的后父生活。后父每次喝醉之后都爱拿我来出气，我常常像只伤痕累累的脏鸭子，为了帮补家计在大街的琴行外面捧着小货摊卖火柴。街上那些顽童常常用雪球掷我，甚至抢走我的火柴。然而，从某天起，他们不敢再欺负我，因为你狠狠地教训了他们一顿。

你常常在街上溜达，有时会慷慨地帮我买下所有的火柴。当我问你哪来这么多钱的时候，你总是不肯说。

你走路的时候喜欢低着头，双手深深插在裤子的口袋里。你跑得很快，有一次，我看到一个凶巴巴的男人拼命追你，没追到。

我知道你是个扒手，可我从来没看不起你。我相信，终有一天，你会变成一个不凡的人。果然，几年后，你离开了家乡，然后，你成了名满天下的魔术师，昂贵的门票只有富人才买得起。那时候，我在一家工厂里打工，时刻想着你，却没有勇气去找你。在后父半夜里摔东西，扯着我的头发，把我辛苦赚来的钱都拿去喝酒的那段漫长的苦日子里，陪伴着我的，是对你的回忆。

你临走之前的那个晚上，我的火柴还没卖光，我们靠坐在琴行前面的台阶上，把剩下的火柴一根一根地擦亮。然后，我们两个鼻子凑在琴行的玻璃上，看着里面那台亮晶晶的黑色钢琴，羡慕着那些可以碰它的幸福孩子。

"等我赚到钱，我会回来找你，到时候，我会买一台漂亮的钢琴给你。"你对我说。

多少年了，你没回来。我常常去看你妈妈，帮她写信给你，想从她那里知道你的消息。可惜，她知道的和我一样少。我在杂志上看到很多你的风流韵事，跟你一起的全是美人儿。你长得英俊潇洒，她们都为你着迷。但是，我告诉自己，只有我和你那段纯纯的爱，才会让你永远怀念。

后来我知道，我这种想法是多么天真，你根本不认得我。

那一年，后父死了。我带着我唯一的皮箱去找你，想要给你一个惊喜。我长大了，每个人都说我漂亮，不少男孩子追求我，但是，我心里爱着的，只有你这位伟大的魔术师——我童年的守护者。

那天晚上，我打扮得很漂亮，穿上我最好的一袭天蓝色裙子，在你旅馆的房间里等你。我心情忐忑得不断大口吸着气，捏着拳头，拼命叫自己冷静。

致遗忘了我的你

　　然后，我听到清脆的脚步声，多年来朝思暮想盼望的时刻终于来到。你打开门走进来，穿着洁白的衬衫和黑色条纹西装，好看得让人心碎。你朝我微笑。

　　"他们让我进来等你。"我朝你说，感到整个人都发烫。

　　然而，就在乍然看见你的短短一瞬间，我发现你认不出我来。你亲切动人的微笑，只是因为我的美貌。

　　你走过来紧紧地搂着我，一双手温柔地爱抚我那不停抖颤的身体。我没推开你，不管你要我做什么，我都会答应。

　　那个晚上，我赤裸着躺在你身旁，看着你疲倦地睡去。黑暗中，我把旅馆房间里一盒长火柴一根一根地擦亮，在微弱的火光里贪婪地看着你孩子似的脸，悄悄亲你的嘴。直到所有火柴都划光了，我在漆黑中嗅闻着房间里磷的香味，记忆着家乡那个临别的晚上。

　　第二天醒来的时候，你邀请我跟你一块儿吃早餐。你没问我的名字，似乎也不想知道我的身世，仿佛过去已经有无数女孩在你房间里过夜。

　　"求你认出我来吧！"我的目光哀求着，你却懊恼地微笑，以为我想赖着不走。

你多情的眼睛看着我，告诉我说，你今天就要离开，到另一个城市去演出。你没邀请我同行。那一刻，我多么庆幸我把皮箱留在火车站。

我站起来，借用你的洗手间。我关上门躲在里面，忍着没哭出来。我不恨你，我会永远记住这一晚。即使你忘了我，我也不会忘记你。

然而，就在我开门走出来的时候，我看到了让我羞耻的一幕——你很小心地把几张大钞塞进我的皮包里。

你居然给我钱，你竟以为我是应召女郎，为了钱而来陪你睡。

我慌乱又卑微地抓起我的皮包，拿起床边那个空空的火柴盒，问你："这个火柴盒可以送给我当作留念吗？"

"你喜欢收集火柴盒吗？"你问我。

"我有一位卖火柴的朋友。"我说。

你诧异地看了看我，我站在那里，等着你最后的相认。你走到我身边，伸出那只温热柔软的手，抚摸我的脸。我的眼泪几乎要涌出来，想扑到你怀里，这时，你脸上突然浮起一个神秘的笑容，倏地在我耳鬓变出一朵手掌般大的红玫瑰，然后把它别在我耳背上，期待着我的惊讶和微笑。你并没有把我认出来，只是想送我一份道别的礼物，这也许是你一向用来讨女孩子欢心的小把戏吧。

我摸摸耳背上的玫瑰，如你所愿地笑了，然后头也不回地离开那家旅馆。

你给我的钱，我用来买了一台旧的钢琴，当作是你答应送我的礼物，唯有这样，才能洗去我的羞耻。

我又回到我一无所有的家乡，我想，说不定哪一天，你会想起那个卖火柴的女孩。我想你知道，她不曾忘记你，也永远不会忘记你。

弟弟奇放下那封信。他仿佛看到一个瘦弱女孩的那张脸。大雪翻飞的冬夜里，衣衫单薄的她在空空的街道上叫卖着怀里的火柴，自己却得不到半点儿温暖。她总是在琴行外面等他，出神地倾听着里面的琴声，一双漂亮的大眼睛留意着街上每一个像他这种小流氓的男孩，生怕错过了他。

许多年后，是他错过了她。

第二天，他吩咐仆人买了一张车票，预备回去找她。然而，就在这天晚上，他的右手被切断了。他再一次把她忘得一干二净。直到一天，他的手复原了，他收拾东西的时候，重又看到她那封信。

这一刻，她就坐在他面前，微笑看着他，仿佛已经原谅了他。他要告诉她，他想带她到天涯海角去。

"你说你回来看你妈妈？她好吗？"她问。

他惊讶地看着她，用震颤的声音说："她死了，我去墓地看她。"

她窘困地说："哦，对不起。"

"墓园的管理员告诉我，你以前常常去看她。"他不解地说。

"是三年前吗？"

他看着她，她一点儿也不像愚弄他，更不像要向他报复。

"也许我去过。"她眨着一双大眼睛说。

他好奇地看看她，想要了解她话里的意思。

"三年前，我遇到一宗交通意外，那辆车子没有把我撞伤，却把我吓坏了。我被送到医院里，做了很多检查，身体机能没有任何损伤，但是，以前的事，无论我怎么努力，都记不起来。我只有最近三年的记忆。"

"那你为什么会认得我？"

她笑着从茶几下面摸出几张他巡回表演的光碟，说："我从医院回来之后，发现家里有很多你的剪报和魔术表演的碟片，也许是以前买的，我全都看了。我以前一定很喜欢看魔术。你的魔术很棒，没想到你今天会登门造访。"

弟弟奇神伤的眼睛看着这个曾经不肯忘记他的女孩，喉头哽塞，说不下去。

"也许你可以告诉我，我以前为什么会常常去墓地看你妈妈，我们是认识的吗？"女孩用恳求的目光看着弟弟奇。

"我们以前是邻居。"他停了片刻，终于说。

"真的？"女孩拍拍自己的额头，说，"我真希望我会记起来。我以前是怎样的？"

看着那双渴望的眼睛，弟弟奇回答她说："你是个很快乐的女孩，喜欢弹琴。"

"怪不得我家里有一台钢琴。"女孩脸上浮起花一样的微笑，站起来，走到那台钢琴前面，说，"原来我以前会弹琴，怪不得这台钢琴看起来已经用了很多年。但我为什么只会弹一首歌，其他的都不记得？这首歌对我一定有很特别的意义。"

她在钢琴前面坐下来，重又弹起那首她常常弹的轻快的歌，回过头来问弟弟奇："你会弹这首歌吗？"

弟弟奇走过去，女孩把身体挪开一些，空出一半位子给弟弟奇。

"我试试看。"他坐在钢琴前面，朝她微笑着说。

他的手指在琴键上试着弹。那是他们童年时在琴行外面常常听到琴行那位优雅的女主人弹的一首歌，不知道歌名，只记得很动听，听的时候心里很快乐。那时候，他们两个一边听一边哼着调子摇头晃脑。他忘了许多事情，倒没有忘记回忆中的音韵。

"你为什么会弹这首歌？"她惊讶地问。

"我刚刚听你弹过一遍。"他骗她说。

他重复地弹，希望她会记起往事。然而，当音符在琴键上一一熄灭，他从她沉醉的目光里看到的只有遗忘。

她认不出他来。

他颓然把琴盖上，对她说："时候不早了，我该走了。"

她不舍的眼睛朝他看。

"求你把我认出来吧。"他哀求的目光看着她。

她转过身去，"唰"的一声划着一根火柴，把饭桌上一个绿琉璃蝴蝶烛台点亮，带着一抹天真的微笑说："我好像很喜欢听到划火柴的声音。"然后，她把他的大衣拿过来给他。

"谢谢。"他黯然说。

"晚一点我男朋友过来，我一定要告诉他你今天来过。他是我在医院里认识的男护士。"她甜甜地说。

原来，她过着幸福的日子。他心里突然没那么愧疚，却又觉得难过。

他从公寓里走出来，那个司机等着他。他缓缓打开车门上车。

"先生，你还想去什么地方？"司机问。

"火车站。"他回答说。

"这么快就走吗？"

车厢外面下着雪，夜色深沉，车子里放着一首动听的歌，那歌声听起来有点熟悉。

"这首歌是谁唱的？"他问。

"你没听过小玫瑰吗？她本来失了声，最近复出，唱得跟以前一样好，听说是一个神医把她治好的，也有人说她是喝了毒蜈蚣水。"那位司机说。

弟弟奇在车厢的绒布椅子上靠了下来。小玫瑰的歌声宛若如烟往事，在他胸怀里飘荡。他就着车外的微光看着自己的一双手。他曾经以为这双手做得最出色的一件事是魔术，直到今天晚上，他才发现，唯有为一个无悔的情人弹一首永不流逝的歌，这双手才变得有意义。

到了车站，他走下车，看到一个衣衫褴褛的小女孩瑟缩在车站外面，身上的小货摊上放着几盒火柴。

"先生，要买火柴吗？"女孩微弱的声音问他。

弟弟奇从怀里掏出几张大钞给女孩。女孩瞪大眼睛惊讶地说："先生，用不着这么多。"

他没说话，把钞票塞到女孩冰冷发抖的一双手里，拿起那些火柴走进车站。

夜色朦胧，细雪吹过天上的一轮圆月，他坐在月台的条凳上，把一根又一根的火柴擦亮。在一朵飘摇的蓝焰中，他重又看到当年那个常常被人欺负的苍白瘦小的女孩。遗忘是多么幸福。

第三章

孔雀石

都很寂寞
马丁尼的人
喝

要一个原本不爱你的人爱上你，
这个愿望未免太贪婪了。

多少天了，每个晚上，她穿着没换洗过的粗羊毛衣，痴痴地坐在公寓的台阶上等他回来。北风吹得她直哆嗦，一份昨天的报纸在风中翻飞。

也许，他不会再回来了。

她从台阶上慢慢站起来，回到餐厅，回到她第一次看见他的地方。三年前，她还是一位魔术女郎，跟着魔术师在世界各地表演。每个晚上，她穿着闪亮性感的衣服，在掌声和欢笑声中度过。那时候，她以为爱情也会像魔术般灿烂。

魔术师是个风度迷人的浪荡子，无数女人对他倾心，他对她却好得很，给她丰厚的薪水，待她有如妹妹，有时候，连他那些女朋友都妒忌。她自问长得不算漂亮，但魔术师说她有一张像快乐小鸟的脸，让人看了愉快。

有一次，魔术师笑着调侃她："崔儿，好像只有你没爱上我。"

她朝魔术师皱着眉说："你太花心了，我喜欢专一的男人。"

"浪荡子也有专一的时候啊！"魔术师笑呵呵地说。

而今，她苦涩地领悟，浪荡子还是比较可爱的，因为他们不擅长拒绝。

这位疼她的魔术师后来受了伤，把魔术团解散了，从此音信全无。没有了魔术师的魔术女郎，在一家地中海式小餐馆找到一份服务员的工作。她第一眼就爱上了这家餐馆，如同她不久之后第一眼就爱上了林克。这家以核桃木和橡木装潢的小餐馆，像梦境般神秘，墙上挂满色彩灿烂的抽象派油画，梁柱和沙发是紫色的，配搭手绘的黄色桌布，餐馆中央放着一面铜绿色的古朴圆镜和一个没有鸟儿的金色华丽大鸟笼，就像从前魔术师用来表演的鸟笼，上面饰着彩色的羽毛。

她第一天上班是万圣节，这天，她打扮成一只鸭子，戴上绿色的假发和一个大而滑稽的灰色鸭嘴巴，穿上一个用纸皮做的鸭屁股，脚踏一双泥土色的潜水蛙鞋，在餐厅里摇摇摆摆地招呼客人。这时，林克一个人走进来，他有一头天生波浪纹的齐耳黑发、漂亮的轮廓和一双固执的黑眼睛，个子很高，身上穿着黑色夹克和灰色棉裤，想要在满座的餐厅中找一个座位。

她刚好回过头来，隔着那个金色大鸟笼看到他，就在这一瞬间，她宛若一只出笼的鸟儿，拍着轻盈的翅膀，飞向幸福的山峦。她踩着那双笨拙的蛙鞋，嗒嗒嗒嗒地跶到他面前，抱了抱他说："万圣节快乐！"

她的鸭嘴巴碰到他的胸怀，他腼腆地说："万圣节快乐！"

她把脸上的鸭嘴巴挪开了一些，问他："先生，你几位？"

"哦，我一个人。"他回答说。

她松开抱着他的一双手，懊恼地环视餐厅，座位早就满了。

"我去别的地方好了。"他说。

"要是你不介意的话，厨房旁边还可以放一张桌子。"她急急地说。

他微笑着点头。她笑了，庆幸他留下来。那是厨房旁边的走道，只容得下一张小圆桌。她连忙去张罗。

他在那儿落座，长长的腿屈曲在桌子底下。她点亮了一个红琉璃玫瑰小烛台，放在桌子上，问他："先生，你想喝点什么吗？"

"Dry马丁尼。"他回答说。

"我们今天晚上有血鸭，要一份鸭腿吧。"她提议说。

他没反对，好像吃什么都无所谓。

整个晚上，她偷偷地看他，看着他用那个长颈玻璃杯喝马丁尼时寂寞的神情，看着他没胃口地吃着盘中的鸭腿，看着他最后喝了一杯黑咖啡，看着他在小小的桌子底下不时转换着双脚的姿势，好像只有这样才不会太累。她像看着一个长久渴望的人那样看他，直到他站起来，离开了她的视线。

第二天晚上，他又来了，也是一个人。她走上去，绽放着花儿似的微笑，问他：

"先生，今天还是要Dry马丁尼吗？"

他诧异地朝她看，认不出她来。

"我是昨天那只鸭子，记得吗？"她声音愉快地说。

他想起来了，笑笑点头。

她端来一杯马丁尼，说："你先帮我拿着。"

他接过那杯马丁尼，奇怪她为什么不把酒放在桌子上。她朝他煞有介事地笑笑，从身上鲜黄色围裙的口袋里掏出一条小小长方形的红丝巾，在空中扬了扬，再把它捏成一团在手心里搓揉。当她摊开双手，那条丝巾竟变成了长长的一条红丝巾。她把丝巾抖开来铺在桌子上代替黄色的桌布，然后接过他手上那杯酒放在桌上。这是她从魔术师那儿学回来的小把戏。

他笑了，问她："这是魔术吗？"

"不是魔术，是法术。"她一本正经地说，然后告诉他，"我以前当过魔术师的助手。你是干哪一行的？"

"有纸吗？"他问。

她拿了一张草绿色的纸餐巾给他。他从口袋里掏出一支钢笔，看了看她的脸，在餐巾上潇潇洒洒地画了几笔。

餐巾上画的是她，才第二次见面，他就能捕捉到她的神情，一看便知道是不凡的手笔。

"你是画家？我也会画画，我改天可以拿给你看吗？"她一边雀跃地问，一边把那张餐巾珍而重之地藏在黄色围裙的口袋里。

他啜了一口马丁尼，点点头。

那个晚上，她一边啜着马丁尼，一边翻箱倒柜把自己以前画的画找出来。那些画全是她跟魔术师四处表演时画的，有肖像，有动物，有风景，全都有点抽象。她曾经梦想当画家，将来爱她的那个男人要跟她一样爱看画。夜深了，她抱着那些画趴在床上，喝Dry马丁尼喝醉了，在醉梦中想念他，也想念着想念他的幸福。

然而，第二天，第三天，第四天，林克没来。她没精打采地等着，害怕他以后不会再来。终于，他来了。

"好多天没见你了。"她尽量说得轻松平常，装着并没有挂念他。

他没表情地笑笑，没接腔，坐下来，要了一杯Dry马丁尼。

"喝马丁尼的人都很寂寞。"她瞥了他一眼，说。

他苦笑，沉默无语。

"今天晚上，我来请你喝酒好了。"她说，拿了一杯马丁尼给他。

他一直在喝酒，她没把那些画拿出来给他看，他也没说要看，他根本忘了。

那天晚上，他醉了。餐厅打烊的时候，她扶他起来，问他："你住哪里？"

他住在餐厅附近一幢鲜黄色的公寓里。公寓没有电梯，她吃力地扶他爬上楼梯，在他身上找到钥匙把门打开，在那儿，她看到那个使他脆弱的女人——她在一张画里。

油画中的那个年轻女人蓄着长卷发，穿着米白色的蕾丝裙子，靠坐在一把黑丝绒高背扶手椅子上，天使般的容颜若有所思，右手背上栖着一只绿色小鸟。

"这个是你女朋友吗？"她问他。

"她走了。"他苦苦地说。

她怔怔地看着画中那张脸，明白自己一辈子都不能跟她相比。

"她爱上了别人。"他醉醺醺地说着倒在那张画前面。

她在他身边蹲下来，说："她很漂亮。"

像个孩子似的，他哭了。

"你会忘记她的。"她抚抚他的头。

"你以为忘记是那么容易的吗？"他将脸埋在手里说。

她不懂回答。她从小到大的记性都不好，以前在魔术团里就常常被魔术师取笑。

她走过去，把床上的一条毯子拿过来，盖在林克身上。他闭上眼睛在波斯地毯上蜷缩着睡了。

屋里有好多画，只有一张是那个女人。忘记了时间的消逝，她仔细欣赏每一张画，禁不住叹息，打心底里渴望他。回头看着躺在那儿头发湿湿昏睡了的他，她走过去，脸抵住他的背躺下来，曲着双腿，悄悄把一只手绕过他的胸膛，心跳怦怦地嗅闻着他的气息。

清晨的微光洒在地毯上，她悠悠醒转过来，看到仍然酣睡的他。她偷偷啄吻他，带着他嘴唇的余温起来。然而，她在晨光中看到的，又是那个女人的肖像，画中人看上去好像比昨天更美，琥珀色的眼睛仿佛凝视着她。她手指按在唇上，缓缓退出他的公寓。

到了夜晚，林克来到餐馆，脸上带着歉意说："谢谢你昨天送我回家。"

"你可以教我画画吗？"她试着问。

"我不是一个好老师。"他搔搔头说。

"那么，我可以看你画画吗？我从小到大都喜欢画画。"她锲而不舍地问，眼睛盯着她早上偷吻过的那片嘴唇。

"未完成的画，是不可以看的。"他摸着自己的嘴唇，以为上面粘着些什么。

她失望地抿着嘴唇。

他笑笑说："完成之后，让你第一个看吧。"

她揉揉双手，朝掌心呵出一口气，摸摸自己左边耳背，又摸摸右边耳背，陡地在右耳后面变出一朵红玫瑰来，眼里漾着微笑说："你答应了的啊！送给你。"

他接过那朵花，问："你是怎么变出来的？"

"我还会变很多魔术呢。"她说。

她以为，时间也是一种魔术，可以让人忘记另一个人，然而，日复一日，林克从来没忘记那个女人。他没有再画她，但是，即使他只是画一朵花，那朵花好像也是为那个女人而画的，似乎这个世上就只有一个女人值得他爱。

他沉溺在伤感的回忆里，从不知道他身边还有另一个人，那个人，天天往他的公寓里跑，崇拜他，赞美他的每一张画，照顾他的生活，好像什么都不在乎。无数个日子，当她一个人回到家里，却又觉得心酸。这个时候，她会去冰箱里拿一颗青橄榄慢慢地吃。这些青橄榄全都泡过马丁尼。林克在餐厅里喝马丁尼的时候，从来不吃杯底里的那颗青橄榄。每一次，她会偷偷留起来，带回家里吃，好像这样就能够吃到他的味道。

可惜，青橄榄的滋味救不了她。那天，林克再一次沉溺在忧郁中，从早到晚在画布上乱画。

她终于按捺不住说："她已经不爱你了，你什么时候才肯忘记她？你到底要伤心到什么时候？"

"这是我的事，跟你无关！"他大声对她说。

他从没有对她这么凶过，她恨恨地将手上一碗红色油彩往女人那张油画上泼出去。

他一把拉住她，太迟了，油彩已经溅到画上。

她看着画，全身发抖，知道自己做的事无可挽回。

"你出去。"他跟她说，声音出奇地冷静。

她宁愿他狠狠地骂她一顿，可他没有。

"对不起。"她啜泣着说。

"请你出去。"他重复一遍，眼睛没看她。

她依旧待在那儿，卑微委屈地看着他。

"出去。"他说。

她捂着脸冲出他的公寓，孤零零地走过寂寞长街。

天黑了，几个妓女在那儿兜搭着过路的客人，她一边走一边忍不住哭了。可是，她知道，她明天还是会回去，直到她死心。

然而，第二天，当她来到他的公寓时，那幅被她弄污了的画依然放在那里，林克却不见了。

她在公寓里彻夜等着，林克没回来。

她不知道他去了哪里。每天晚上，她跑来，渴望见到他，却总是带着她的懊悔与沮丧回家。

有时候，她索性坐在公寓外面的台阶上等着他回来，等到的却是懊悔与失望。她多恨她自己，她多笨啊。她毁了那张画，只是让画中的女人在他心中更为不朽。

直到一天晚上，一个男人走进餐厅来。她隔着那个金色大鸟笼看到他。她多久没见过他了？仿佛是上一个世纪的事似的。

"崔儿？"魔术师讶异地朝她喊。

她走上去，使劲地抱了抱魔术师，眼角闪着一滴泪，因为遇到曾经那么疼自己的人，她变脆弱了。

"你为什么会在这里出现？什么时候来的？"她一边问魔术师，一边给他找了一个位子，又拿了一瓶酒过来。

"我给自己一个长假期到处走走。"魔术师瞥见她眼里的泪光。

"魔术师，我不再相信魔术了，我以后也不相信。"她啜了一口酒，苦苦地说。

"我倒是愈来愈相信魔术了。"

魔术师说着从口袋里掏出一个金币，把金币放在每根手指之间转动。他反转手腕，再反过来时，金币不见了，手心里却多了一朵郁金香。他把它别在崔儿的耳背上，说："送给你。"

"魔术师，你的手没事了吗？"崔儿摸着耳背上的花，吃惊地问。

"就跟从前一样。"魔术师回答说。

"为什么会这样？"

魔术师笑了一下，说："因为我是伟大的魔术师。"

"像你这么伟大的魔术师，可以令一个不爱你的人爱上你吗？"她鼻子一酸，问。

"是哪个男人这么笨，竟然不爱我的崔儿？"魔术师怜惜地说。

这句怜惜的话，却让她的眼泪簌簌地涌出来。

"他不笨。"她哭着说。

魔术师抚抚她的肩膀，安慰她说："这个小子真幸运，有你来爱他。"

"魔术师，待会儿我带你去一个地方。"她说。

餐厅打烊之后，她带着魔术师来到林克的家。

"这些画都是他画的。"她骄傲又伤心地告诉魔术师，让他知道，她爱的这个男人，多么有才华。他一点儿也不笨，他只是太死心眼。

魔术师看到了那张被她弄污了的肖像画。

"这是他以前的女朋友，我是不是一辈子都无法跟她相比？"她问魔术师。

魔术师看着那张只剩下一双眼睛和半张脸的画像，他一生见过数不尽的美人，画中人即使只有半张脸，也是个出尘脱俗的美人。

看见魔术师沉默不语，崔儿酸溜溜地说："看来，他忘不了她，是应该的。爱过她，也不可能爱其他人了。"

魔术师回过头来，那双魔幻似的眼睛定定地看着崔儿，问她："你有多爱他？"

"就像你爱魔术。"崔儿凄凉地回答。

"你会为了他不惜一切？"魔术师问。

她咬咬牙，说："为了他，我什么都愿意。"

这时，魔术师从怀中掏出一个幻彩牌盒来，里面放着一副纸牌。

"这副纸牌可以帮你达成任何愿望。"魔术师投给她神秘的一瞥。

"你是骗我吗？"崔儿脸上掠过一抹苦笑。

"崔儿，我对女人撒过不少谎，但对你从来没有。"

"它怎么帮人达成愿望？"她看了看那副纸牌，抬起眼睛问魔术师。

"月圆之夜十二点钟，你对着这副纸牌念一句咒语——"

"什么咒语？"她满脸狐疑地盯着那副纸牌看。

"'月夜宝石，赐我愿望'。"魔术师压低声音说。

"然后，你抽出其中一张牌，说出你的愿望，那个愿望便会实现。但是，这十九张牌其中有一张，上面印着一颗黑色的冰寒水晶，万一你抽中的是这一张，你会下地狱。"停了一下，魔术师倒抽了一口气，说，"崔儿，要是你不想冒这个险——"

"不！"崔儿不顾一切地说，"我想他爱我。"

魔术师把那副纸牌放到她手里，深深地看着她，叮嘱她说："每个人只可以许一个愿。愿望成真之后，你要记着，一定要把这副纸牌送给下一个人，否则，你的愿望会马上幻灭，你的下场会很悲惨。"

她看着魔术师那双深邃的眼睛，心头扑扑跳。认识魔术师那么多年，她从没见他这么严肃过。

等到月圆之夜的那天，下班后，她把那副纸牌放在皮包里，走出餐厅，穿过大街。

这时，天空忽然落下毛茸茸的初雪，那个常常在街角等客的妓女瑟缩在商店的檐篷下，朝她笑了笑。她回报了一个微笑。

她掏出钥匙打开林克家的门，轻轻把门带上。屋里黑漆漆的，她拧亮了角落里一盏昏黄的落地灯，把阳台的玻璃门打开。雪花飘进来，她打了一个寒战。天空挂着一轮鹅黄色的满月，风吹来，一朵云遮住了月亮，很快又飘走了，月亮重现清辉。她在织有鸟儿图案的红色波斯地毯上盘腿坐了下来，把那副纸牌放在面前。

当时钟指着十二点钟，她面前那个牌盒倏忽发出几道光芒在天花板上乱窜。她看傻了眼，双手紧紧互握着，颤抖着嘴唇大声念："月夜宝石，赐我愿望。我爱林克，我想他也爱我，永远爱我。"然后，她重重吞了口口水，从中间抽出一张纸牌，闭上眼睛，良久不敢看。直到飘雪纷纷吹到她脸上，冷得她直哆嗦，她才敢睁开眼睛。一片雪花凝在她眼里，遮住了视线，她朦朦胧胧地看到那张牌上印着一颗长形绿色斑驳的孔雀石。

她望着大门，林克并没有突然出现在她跟前。她怔怔地望着手上那张纸牌，那颗孔雀石绿得像一眼望不尽的森林。猝然，角落里的那盏落地灯熄了，绿色的大风雪从阳台上一浪一浪扑进来。她站起身，吃力地把阳台的门拉上。就在这时，她回过头来，看到那张她涂污了的画像正朝她微笑。她吓坏了，捡起地上那副纸牌，拔腿从公寓里跑出来。大街上，却像她来的时候那么平静，下着毛毛细雪。

她在街角碰到那个妓女，问她："刚才是不是下了一场大雪？"

"没有啊。一直都是下着这种小雪。"那个妓女说。

"雪一直是白色的？"

"雪当然是白色的。"那个妓女奇怪地看了看她。

听到妓女这么说，她脸上泛起微笑，一种笃定的感觉浮上心头，那副纸牌肯定是一副不寻常的纸牌。

然而，她等了好多天，开始有点动摇。林克并没有回来。她要他爱她，难道他在遥远的地方爱她吗？她懊悔自己没有把愿望说得清清楚楚。也许，不是她说得不清楚，魔术师给她的这副纸牌，只能帮人达成小小的愿望。要一个原本不爱你的人爱上你，这个愿望未免太贪婪了，所以，那张画像才会嘲笑她。

他不回来，她留下也没意思。这天，她辞去工作，拖着她那个涂满油彩的米色行李箱，走在大街上，孤零零地往车站去。走了一半，她折了回来，奔跑到林克家里。那里没有人，那天晚上积了雪的波斯地毯上剩下一摊水。她放下行李箱，捋起衣袖，拿了一块布，蹲下去抹地毯。离开之前，她想在这里再待一会儿。她一边抹着地毯，泪水一边淌下来，仿佛永远也抹不完。突然，她听到一阵脚步声，是她熟悉的。脚步声在她背后止住了。她不敢回头。

"崔儿。"

她吸着大气缓缓回过头来，看到她朝思暮想的那个男人就站在她跟前，他憔悴了，累了，看着她的眼神却是深情的。

她站起来，肮脏的双手抄在背后，略微颤抖地问他："你为什么会回来？"

他走上去，紧紧地搂着她，说："对不起，我不应该把你丢下。"

"你不是生我的气吗？"她问，眼里泪光浮动。

他头发抵着她的脸，说："我这样对你太过分了。"

"你去哪里了？"

"我去了很远的地方，本来不打算再回这个城市。"

他看到她的行李箱，问她："你要走吗？"

她点头，带着期待看他。

"不要离开我。"他紧紧地搂着她说。

"你不爱我。"她咬着唇，快快地说。

"请你把那个'不'字拿走。"他用鼻子磨蹭着她的头发，磨得她痒痒的，她忍不住笑了，说："请你把你的鼻子拿走。"

从那天起，她留下来了。她和林克像一对快乐的小鸟般嬉戏。他教她画画，她为他做饭。他画了很多很多的画，画里的人全是她。她画的是自问远远不能跟他相比的抽象画，他却称许她是天才。他用油彩在她赤裸的背上画画。她在他那些白色内衣上画画，然后签上自己的名字，告诉他说："等我们两个都不在了，这些内衣会在拍卖行里卖到很高的价钱。"

她几乎已经忘记那副宝石魔牌了，直到一天，林克出去了，家里只有她一个人。她穿上他的绿围裙在作画，忽然有人用钥匙开门进来。

"你回来啦？"

没有人回答她。

她从画板后面探头出来，看到一个女人——是油画里的那个女人。她一直以为，那张画比真人漂亮。然而，她吃惊地发现，眼前这个蓄着长卷发、肤色白得像皓雪、身上穿着米白色长裙的女人，比那张画漂亮多了。

"请问林克是不是住在这里？"女人问她，眼睛却盯着她身上那条满是油彩污渍的绿围裙。

"哦，他出去了。"她说。

本来，她应该问她："你是哪一位？"这个女人也该问她："你是林克的哪一位？"

但是，她们都没开口。

女人没说话，在角落里发现自己那张给油彩弄污了的肖像画。

"是林克把这张画弄花的吗？"女人问崔儿。

崔儿没法回答。这时，女人看到另一张画，画的是崔儿，她坐在窗边的一把椅子上，耳背上插着一朵黄色的花。

"这个是你吗？"她转过头来问崔儿。

崔儿怯怯地点了点头。在她面前，她竟有些自卑。

"很漂亮。他进步了很多。"女人微笑着说。

"我不等他了，他回来的时候，请你告诉他，我来过。"女人说，夹杂着漫长的沉默。

"你是？"

"罗怡君。"女人回答说。

就在这时，林克从外面回来。

"外面的雪好大！"他边走进屋里边说。

看到罗怡君时，他愣了一下。

"很久不见了。"罗怡君朝他说，脸上掠过一抹微笑。

他看着她，脸上冷冷的，深情的目光转向崔儿。

"家里没咖啡豆了，我出去买。"崔儿脱下身上的绿围裙，裹上大衣，匆匆出门去。

她走到公寓对街的咖啡室，脸朝街外坐着。她不知道林克和罗怡君在屋里说些什么，只是突然觉得自己不该待在里面。她点了一杯黑咖啡，店里播着她喜欢的小玫瑰的歌，她失神地听着，舌头苦苦的。

喝完了咖啡，她看到罗怡君从公寓里走出来，脸上带着失落的神情。

罗怡君看到了她，朝她点了点头，走进咖啡室去。

"这里的咖啡还是跟以前一样好喝吗？"罗怡君一边问她，一边在她面前坐了下来。

她点点头，客气地笑笑。

"你和林克在一起很久了？"罗怡君问她，眼睛打量她。

她摇了摇头，低下头紧张地玩弄着指头。

"他还是那么喜欢喝黑咖啡吗？"

她略略点头。

"黑咖啡很苦。"罗怡君点了一杯牛奶咖啡。

咖啡来了，两个人没说话，静静地看着窗外的雪。

"我想，我再也不会回来这里了。"罗怡君说。

她讶异地看着这个漂亮出尘的女人，不知道说些什么好。

"他变了。"罗怡君悲伤地看了看她。

她低了低头，悄悄松了一口气。

雪停了，她离开咖啡室，回到她和林克的公寓。

"你跑哪里去了？"他牵着她的手问。

"她走了。"她告诉他说。

"是吗？"他冷冷地说。

"你以前不是很爱她的吗？你一直都等她回来。"

"你是在吃醋吗？"他笑笑问。

她摇摇头，说："告诉我为什么？"

"她想回来我身边，但是，我现在一点儿都不爱她了，一点儿感觉也没有。"

"你将来也会这样对我吗？"

他深情地看着她，说："我会永远爱你。"

"你为什么爱我？"

他笑了，说："我也不知道。我就是爱你！就是不能自制地爱你，好像中了咒一样。你是不是在我身上下了什么魔咒？"

她怔怔地看着他，鼻子一阵沁凉，难过的感觉胀满了她的喉头。她多么自大！那天他突然跑回来，她竟以为他回心转意，在离别后才发现自己爱上了她。她竟然忘记，一切都是因为那副宝石魔牌，是那颗绿深深的孔雀石实现了她的愿望。林克本来是不爱她的。

"你为什么不说话？"他问，温柔地搓揉着她冷冰冰的一双手。

她看着她深深爱着的这个男人，这便是她要的爱吗？罗怡君的出现却好像提醒她，她盗窃了别人的爱情。

"你没事吧？"他捏了捏她冷得红彤彤的鼻子。

"我去煮咖啡。"她说。

她撇下他，独个儿待在厨房里，嗅着咖啡的浓香。从今以后，无论她做什么，林克也不会不爱她，她终于得到她想要的，却觉得不快乐。

她在想她许的那个愿望。她为什么要渴望一个不爱她的人爱上她，而不是渴望自己不再爱一个不爱她的人？第一个愿望太卑微了。

第四章

祖母绿

再没有
一个人
等她回去

她错了，
她不该愿望
一个很有钱、
她爱他、
他也爱她的男人。
她要的，
应该是遗忘
往事的本领。

十六岁以前，她从没见过雪。她的故乡在南方，四季如春，冬天里，人们穿着薄薄的汗衣，爱跟朋友挤到刨冰店里吃冰。那时候，她向往白皑皑的雪，以为有雪的天地才载得住她的梦想。

　　十年了，她见过许多场雪，却夹杂着悔恨。

　　纷纷细雪今夜落在她肩头上，地上湿湿的，她裹上红色大衣，穿着一袭紧身短裙和白色长靴，脸上涂了厚厚的脂粉，在一盏昏黄的街灯下徘徊。风雪冷得她直哆嗦，她双手笼在袖中，对经过的汽车抛媚眼，可是，没有一辆车停下来。

　　很晚了，不会再有寻欢客走过，她迈着

蹒跚的脚步走在湿滑的路上，在一家小店里用身上仅余的钱买了一瓶牛奶和一罐麦片。

她从小店里走出来，雪停了，她跺去脚上的雪，朝灰暗的长街走去。长街尽头那一排外墙斑驳剥落、满是涂鸦的旧式公寓就是她的家。这里住着几十户人家，大部分是妓女和工人，每个窗户都是灰灰的，空气中飘浮着一股尿臊味，夹杂着汗酸、剩菜残羹、婴儿尿布、污水和廉价香水的味道，那是贫穷的味道。

她爬上二楼，屋里传来小玫瑰的歌声，她从皮包里掏出一把钥匙，打开那扇桃红色的木门进屋里去。

"丁丁，我回来啦！"她一边脱下脚上的皮靴，一边提高嗓子，装出一个愉快的声音说。

"是米兰吗？"一个虚弱的声音问。

"除了我还有谁？"米兰带着微笑走到丁丁的床前。

丁丁是个和她同龄的女孩，用枕头撑起身子，靠在铺上了艳红色床罩的木床上，脸色苍白，嘴唇干涩，唇上浮着一个楚楚可怜的微笑。

"你今天觉得怎样？有没有好一点？"米兰问丁丁。

"嗯，今天觉得精神挺好的。"丁丁回答说。

"吃了药没有？"米兰问。

丁丁摇了摇头，说："很苦呢。待会儿再吃可以吗？"

"借口！药丸怎会苦？"米兰拿起床头柜上一包白色的药丸，说，"吃了牛奶麦片之后便要吃药啦。"

"今天生意好吗？"丁丁问。

米兰转过身去，在炉火上煮麦片，轻松地说："明天会好的啦。"

"我明天跟你一起出去吧。"丁丁说。

"不行。你得留在家里。你的病还没好，你就多休息几天吧。"

"我的病是不会好了，不能再拖累你。"丁丁拿起床边一面心形镜子，对着镜子用手指梳头发，咧着嘴说，"只要擦点粉，我还是可以吸引几个男人的哦，你说是不是？"

她的话突然止住，一阵咳嗽。

米兰连忙走到床边，拍拍丁丁的背，像哄孩子似的说："你要养胖一点，才会吸引男人啊。"她笑着用手指戳戳丁丁凹了下去的胸骨，说，"等这里胖起来，我们一起出去，一定所向无敌。"

丁丁哧哧笑了，看着墙上那张小玫瑰唱片的海报说："等我好起来，我要穿那条裙子。"

"对呀！等我有钱，我要买很多漂亮的裙子。"米兰望着小玫瑰的海报说。海报上，小玫瑰穿了一袭露肩的玫瑰红晚装，裙子自腰以下散开来，缀满了一朵朵立体的玫瑰花，就像一个蓬松而瑰丽的玫瑰蛋糕。

"她好像比以前更漂亮呢。"丁丁说。

"谁都没想到她又唱歌了。"米兰说。

"不知道是哪个神医把她的嗓子治好的呢？"丁丁问。

"等我有钱，我要给你找最好的大夫。"米兰说。

小玫瑰的歌声在这个飘浮着廉价胭脂水粉香味的陋室里荡漾，米兰喂着丁丁吃牛奶麦片，哄她多吃一点。有时她害怕，可以喂丁丁吃麦片的日子不会太多了。丁丁患的是癌症，这个她最好的朋友，没剩下多少时间了。丁丁走了，她们的梦也完了。三年来，同住的日子，她们合力在这个凄凉的世间建构一方梦想的天地。她们老爱说"等我有钱……"，她们把房子布置得像落难公主的家：红色的床、紫色的沙发、羽毛抱枕、红色吊灯……一切的一切，都有另一个人陪着一起骗自己，甚至忘了在这个斗室之外，她们出卖着肉体。她们的灵魂，却因为这个梦而永不出卖。

第二天傍晚，米兰醒来的时候，丁丁还睡着。她悄悄走下床，洗了把脸，穿上一个红色的蕾丝胸罩，弯下身子，用手把两个小小的乳房挤出一道深沟，然后套上一双黑色的渔网丝袜，坐在镜子前面，仔细地扑粉。今天晚上，她无论如何得钓到几个男人，丁丁的药快吃完了。

这天的月亮好像特别圆，天空下着细雪。她又回到昨天那盏昏黄的街灯下，哼着歌、诅咒着寒冷的天气。午夜了，她都快冻僵了，身子发着抖。那个在附近工作的餐馆女侍崔儿匆匆走过，神色有点儿惊惶，停下来，问她："刚才是不是下了一场大雪？"

"没有啊。一直都是下着这种小雪。"她说。

"雪一直是白色的？"

"雪当然是白色的。"她觉得好笑。

她抬头看着天空，雪除了白色，还能有什么颜色？

崔儿说了一声"谢谢"，走了。看着崔儿的背影没入夜色中，她突然觉得妒忌。她多么羡慕这个比她小几岁的女孩。她的

致遗忘了我的你

人生才刚开始，将来会有一个人陪她看不一样的雪。

就在这时，她回过神来，看到一个衣着光鲜的年轻男人，站在对街上怔怔地望着她。她马上抖擞精神，翘起屁股，风情万种地朝他走去。

"你好吗？先生。"她对他抛了个媚眼。

他看起来约莫三十岁，眼神有点儿沮丧却迷人。

"你穿得这么少，不怕冷吗？"她摸摸他身上的蓝色外套，那是一件质料很好的外套。

"今天走运了！"她在心里叫了出来，身子挨近他，问他："心情不好吧？是不是跟女朋友吵架了？"

男人没说话，显得有点儿害羞。

"看来你是头一次吧？"她凑到他耳边说，"我们找个地方谈心好吗？我知道附近有一家很不错的旅馆。"

她一直想去那家旅馆，那儿每个房间都有温暖的壁炉，一般客人是不肯去的，可她知道今天晚上这个男人付得起钱。

她带着他到旅馆去。进了房间，她兴奋地走到暖烘烘的火炉前面，搓揉着冷冰冰的双手。

"等我有钱，我要买一幢有壁炉的房子。"她回头对他说。

"你叫什么名字？"男人问她。

"米兰。"她笑笑回答说，没问他名字。她以前问过几个客人的名字，然后，她爱上了那几个她问过名字的客人，其中一个，说过会娶她，却骗了她的钱跑掉了。

寒彻入骨的晚上，炉火温暖了她，她和这个相识还不到一小时的男人赤裸相拥。她闭上眼睛，微笑着，幻想自己是个下凡的仙女，抚慰世上那些可怜的男人。就像今天晚上这一个，她不知道他是失恋呢还是失意，一旦她开始同情一个进入她身体的男人，她的自我感觉好像也变得美好。她常告诉丁丁说："像男人这种生物，仔细看清楚，原来是伤痕累累的。"

后来，她睡着了。从床上醒来的时候，她看到男人刚从浴室出来，胸膛上粘着一个肥皂泡沫。她笑了，爬过去他那边，用手指揩抹那个泡沫。

"谢谢。"男人说着羞涩地把几张大钞塞在她手里。

她亮晶晶的眸子看着钞票，那笔钱比她想象中要多。

"谢谢你，下次记得找我哦。"她起床穿上衣服。临走的时候，她指着小花瓶上的两朵红玫瑰，问他："这个我可以拿走吗？"

男人微笑着耸耸肩。

她手里拿着花，走在已入睡的街道上，身体好像没那么冷了。旅馆附近是一条购物街，经过一家高级化妆品店的时候，她被橱窗里的一样东西吸引着，停下了脚步，鼻孔凑到窗前，嘴巴因叹息而半张着。

那是个深紫红色的天鹅绒粉扑，在灯光下看起来就像专门给公主用的粉扑，柔软、高贵，后面系着一条缀了紫水晶的丝带。她要用多少个廉价粗糙的粉扑才能换到这个粉扑？

带着对粉扑的梦，她回到家里，嗅到牛奶的香味。

"你回来啦？"丁丁穿着一袭厚厚的粉红色睡裙，披散着头发，在炉火上煮牛奶麦片。

"你为什么起来？"她紧张地问。

"我今天精神很好。"丁丁说。

"我们今天不用吃麦片了。你看！"她晃了晃手里的纸袋。回家的路上，她买了丁丁喜欢吃的奶酪蛋糕。

"今天生意很好吗？"丁丁问。

米兰一边把蛋糕盒子打开一边说："只有一个，但他给我很多钱呢。"她从皮包里掏出一沓钞票给丁丁看。

丁丁吐了吐舌头，问："是个老头子吗？"

"才不呢！他看来还不到三十岁，长得不错，像一只可怜的小狗。"她笑笑，怜惜地说。接着，她把带回来的两朵玫瑰花折下来，一朵别在丁丁头上，一朵缀在自己头上，两个人很有默契地挤到镜子前面看，笑得眼睛眯成一条缝。

"我今天看到一个很漂亮的粉扑，是用天鹅绒做的呢！等我有钱，我要买两个，一个给你，一个给我，然后把这些廉价的粉扑全都拿去擦浴缸！"她说着拿起梳妆台上几个旧粉扑丢到半空中去，黏在粉扑上的粉红色粉末如星尘般散落在她们头上。她们仰着头，在房子里嬉笑着手牵手屈身乱转，跟着唱盘上小玫瑰的歌声一起唱着两个人最喜欢的一句歌词：

那些为我哭过的男孩，

是我无悔的青春啊青春……

她们跳累了，喘着气软瘫在床上，紧挨着彼此。

"我还是很喜欢灰姑娘的故事，虽然明知道是假的。"丁丁说。

"谁说是假的？总有一天，会有一个很有钱、他爱我、我也爱他的男人出现。"米兰憧憬着。

"到时候，他会送你一双玻璃鞋？"丁丁望着天花板说。

"是两双，一双给你，一双给我。"米兰神往地说。

"真的有王子吗？"丁丁苍白的脸上带着疑惑。

"我十六岁的时候以为那个人是我的王子，他说要带我去一个可以看到雪的大城市。"米兰说。

"结果，他骗了你，欺负你，你还为他背了一屁股债。"丁丁说。

"后来又有几个王子出现，他们都说爱我。"米兰说。

"结果，他们都跑了。"丁丁虚弱地笑笑。

米兰把被子拉高一点儿盖着自己和丁丁的肩膀，说："但我还是相信有王子啊。"

丁丁朝她转过头来，露出一道开怀甜美的微笑说："那好吧，你相信的，我也相信。"

她感激地笑了，说："他们可以打倒我，但不可以粉碎我的梦。"

"你那个王子会是什么样子的？"停了片刻，丁丁问。

"绝对不会是单眼皮的。"米兰回答说。

"为什么？"丁丁的头抵住米兰的肩膀，问她。

"第一个骗我的男人便是单眼皮的，单眼皮的都不是好东西。"

"哪有这样的道理？以前有个单眼皮的小伙子对我很好，他是个大学生呢。"

"后来呢？"

"他死了。"

"怎么死的？"

"他参加学校运动会的跨栏比赛，本来是第一个冲线的，但是，那时运动场另一边的草地上正在举行掷铁饼比赛，一个失魂的选手把手上的铁饼掷了出去，刚好掷到他头上。"

"那么说，他是中头奖死的？"

"他死的时候，还是咬牙切齿的，他正要冲线呢。"

米兰滑进被窝里哈哈大笑，笑得连被子都在颤抖。

"我没告诉过你吗？"丁丁笑着问。

"才没有呢。所以，单眼皮还是靠不住，不是薄幸，便是短命。"米兰把头伸出来说。

"你的双眼皮王子也许明天便出现呢。"丁丁说。

"要是他出现，我不准他去跨栏。"她一边说一边大笑，笑着笑着睡着了。

第二天夕阳西下的时候，她带着一抹微笑醒来，发觉自己摸到一只冰冷的手。

"丁丁。"她的声音颤抖着，转过脸来，看到丁丁的发间缀着昨夜的玫瑰，静静地躺着，长长的睫毛像蝴蝶脆弱粉碎的翅膀，再也不能飞翔了。

她唯一的朋友走了，穿上一双玻璃鞋，溜出这种生活，把她丢在这个腐臭的地方。那些欺骗她的男人没有把她打倒，但是，丁丁却带走了她的梦。

她又回到大街上那盏昏黄的街灯下面。从今以后，再没有一个人等她回去，相信她所相信的事情，也再没有一个人比她可怜，需要她去照顾。

每个晚上，她喝得醉醺醺的，杵在荒凉寂静的街上，等着抚慰那些男人，却没法抚慰自己。这天晚上，离开廉价的旅馆，回家的路上，她在雪地上摔了一跤，一双温柔的手把她扶起来，问她："你没事吧？"

她抬起头，看到那个叫崔儿的餐厅女侍，手上撑着一把钟形红伞。

"我没事。"她回答说，试着笑。

"你喝醉了。"崔儿扶她在路边一把板条椅子上坐了下来，把红伞移到她头上。她昏昏的眼睛突然发觉自己看到的是丁丁。

"我明天会离开这里，跟我男朋友到另一个城市去。"崔儿说。

"哦，就是那个跨栏的？他不是死了吗？"

"什么跨栏？不，他是画画的。"

她揉揉眼睛，被眼前人弄糊涂了。

"你想要一个愿望吗？"对方问她。

她使劲地点头。

对方从怀中掏出一个幻彩牌盒，说："这是一副宝石魔牌，可以帮你达成愿望。"

米兰的眼睛露出惊讶的神色，然后笑了，说："我要这副牌。"

"慢着。"对方说，"这副纸牌只剩下十八张，在月圆之夜的十二点钟，你说出你的愿望，然后抽出其中一张牌，那个愿望便会成真。但是——"

"但是什么？"

"万一你抽到的是一张黑色的冰寒水晶，那么，你便会下地狱。"

"那好啊！到时候我们又可以一起唱小玫瑰的歌。"她哼着歌笑。

"抽牌的时候，你要念一句咒语，你记着，那句咒语是'月夜宝石，赐我愿望'。每个人只可以许一个愿，愿望成真之后，你要把这副纸牌送给另一个人，否则，你的愿望会马上幻灭，你的下场会很悲惨。"

"我会死吗？"她笑着问。

"我不知道，那要看你的运气。希望你幸运。"

她在床上醒转过来的时候，看到床头那副纸牌，才知道昨夜不是做梦。她依稀记得有个撑着钟形红伞的身影飘飘地送她回来。那是丁丁的魂魄吗？还是崔儿？她记不起来了。

她爬起床，天已经黑了，一个铜镜般的满月高高挂在天上。她回头看了看那副纸牌，然后，她走到床边，换上一个红色的蕾丝胸罩，弯下身去，用手把两个瘦了的乳房挤出一道深沟，站起来，挺起胸膛，抖抖头发，却又突然沮丧地跌坐在床上。她要干什么呢？要回到那盏昏黄的街灯下重复她无望的生活吗？

她毅然拿起那副纸牌，颤抖着嘴唇说："月夜宝石，赐我愿望。我要一个很有钱、他爱我、我也爱他的男人。"

她随便抽出一张牌，把那张牌丢到半空，仰着脸，看到纸牌上印着一颗梨形的祖母绿，像一颗清澈的绿眼泪。突然，梳妆台上那些廉价的粉扑自己升了起来，在空中摆荡，像细雪般的粉红色粉末在她头上洒下。她笑了，对着空气说："丁丁，我就知道是你。"

然后，她还是穿上她的黑色渔网丝袜和白色长靴，回到那盏不属于她的街灯下，当她的下凡仙子。对纸牌许的那个愿望不过是个童话，丁丁走了，她也不再相信童话了。

她在街上悲伤地等了一个晚上，最后只剩下她一个人。这时，一辆名贵的蓝色轿车停在路边，她马上揪揪裙子，翘起屁股走上去，敲敲蒙霜的车窗，眨着黑色闪亮的眸子，风情地问："先生，想要一个愿望吗？"

"你卖愿望的吗？"那个跟她在有壁炉的旅馆度过几小时的男人调低车窗，问她。

她讶然看着他，仿佛看到一颗祖母绿的眼泪在他们之间飘摇。她收敛了脸上风情的笑容，怔怔地透过那颗眼泪看着车上的男人。

她打开车门钻上车，问他："这辆车是你的吗？"

他点点头。

车厢里开着暖气，她搓揉双手，觉得暖和多了。

"我们去上次那家旅馆好吗？"她提议。

他没反对，开车往旅馆去。

她偷偷斜眼看他。他看来一表人才，上一次见面，她看得出他不穷，却没想到他有钱。

"你是特地回来找我的吗？"她问他。

他微笑不语，有点腼腆。

"喜欢我是吗？"她挑逗地把一只手放在他大腿上接近裤裆的地方。后来她知道她错了，高舜不是她以前认识的那种男人。

半夜里，她从旅馆温暖舒适的床上醒来，看到高舜坐在落地窗前一把高背棕色绒布椅子里，静静地望着夜空。她起来，穿上衣服，把刚才穿在脚上的渔网丝袜塞进皮包里。

"你醒啦？"他问。

她拢拢头发，走到他身边。他会意地从怀中取出几张大钞给她。她一看，瞪大眼睛说："用不着这么多。"

"收下吧。"他微笑着说。

"要是早点认识你便好了。"她的意思是：早点有这笔钱，丁丁的葬礼就可以办得像样一点。她至少可以买许多漂亮的红玫瑰给丁丁，而不是一束野地的白花。

"我走了。"她有点难过，吸吸鼻子，朝他说。

他却突然伸出一只柔情的手来拉住她，把她拉到身边，抱她坐在他大腿上，对她说："可以陪我一会儿吗？"

她的身体紧缩颤抖着，受宠若惊。他抱着她，换了一个姿势，好使她能够稳稳地坐在他两条大腿上。要是有一种体温能够让她流泪，便是这一刻的他的体温。多少年了，她已经忘了坐在情人大腿上那种温暖幸福的感觉，没有欲念，有的只是相依。情人的双腿是她横渡时间的小船，把她送到永恒的彼岸。

他揉着她露出来的两个膝盖，问她："会不会冷？"

她摇了摇头，默默望着夜空漫天的星星。

"当你抬头看到一颗闪亮的星星，其实是从几千甚至几万光年之前已经流向地球，再经过漫长岁月才能到达地面，或者，那颗星已经不存在了。"他对她说。

　　她惊讶地叹了口气，指着天空上一颗小星星说："那么，这颗星也许是石器时代的。"

　　然后，她又指着另一颗星星说："这一颗说不定是侏罗纪时代的。"

　　"它们全都比我们老。"他说。

　　"几千光年之后，人们也会看到我们这个时代的星星，听起来多么像一个神话。"她兴奋地对他说，又问，"你相信神话吗？"

　　"神话？"

　　"你听过'宝石魔牌'的故事吗？"

　　他摇了摇头。

　　"听说有一副宝石魔牌，能帮助人达成愿望。"

　　他皱了皱眉，不大相信的样子。

　　她扬扬手，说："算了吧，我也不相信。"

　　这一次，她错了，世上也许没有神话，宝石魔牌却是真的。

　　那天半夜，高舜开车送她回家。车子进不了通往公寓的那条狭窄长巷，他把车子停在外面，陪她走路。侏罗纪和石器时代的星星照耀着他们，她对他说："我真不明白，像你这种男人，怎会来找我这种女人。"

没等他回答，她吐了一口气，说："别再来找我了。"

然后，她摸摸挂在肩上的皮包，说："谢谢你的打赏。"

他想说些什么，她飞快地转过身去，两步当一步地爬上楼梯回到二楼的公寓。在那扇灰垢斑斑的窗子前面，她推开窗，两个手肘支着窗台，看着他孤单的身影往回走。

"你叫什么名字？"她喊他。

他停下脚步，回头朝她微笑，说："高舜。"

"高舜，我们永远别再见了。"说完，她关上窗子。

然而，第二天晚上，她走出公寓，看到他的车子在昨天停下来的地方等她。日复一日，只要她走出这条幽暗阒黑的长巷，都有一张明亮如星星的脸在等她，带她去吃饭，夜里在那家有壁炉的旅馆的床上抱她，也许什么都不做，只是聊天。

一天晚上，她问他："你第一次来找我，是因为失恋吗？"

他默默点头。

她揉揉他的头，皱眉，百思不解地问他："什么女人会放弃你？"

他没回答。过了一会儿，他走下床去拿他的外套，问她：

"今天晚上不付钱行吗？"

她一颗心沉了下去，她没想到他会是这种人，但是，她也明白，他每一次都给她很多钱，少付一次，她还是赚了。于是，她笑开了，扬扬手，一副无所谓的样子，说："当然可以，买东西也有十个送一个嘛。"

她起来穿衣服，眼角的余光却瞥见一点亮晶晶的光亮。

"可以用这个代替吗？"他问。

她回过头来，看到他摊开来的掌心里放着一枚梨形祖母绿的戒指，清澈得像湖水。

"米兰，嫁给我好吗？我会给你幸福。"他一边说一边把戒指套在她左手无名指上。

她马上把手缩了回去，嘴唇有点发抖地说："你疯了！这是假的。"

高舜怔了一下，说："不是假的，戒指是我妈妈留下来的。"

"你根本没那么爱我，这一切都是一个魔咒。"

他没听进去，反而走上来，紧紧地抱着她，说："即使是魔咒，我也不在乎。"

她在他身上哭了，泪水沾湿了他的肩膀。她缓缓仰脸，窗外漫天星星辉映着，然后尽皆消失，恍如一场梦。

这一刻，她站在山顶一幢偌大的房子里，外表看起来平静，心里却有万丈波澜。她害怕这美好的一切只是个明天早上一觉醒来就会烟消云散的梦。她不是没读过童话，童话里的咒语，都有一个有效的期限，期限一到，便会被打回原形。

她踩着一双漂亮的红色高跟鞋在屋里踱步，脚下大理石发出清脆的回响，好像提醒她，这场救赎并非一个梦。

司机在外面那辆名贵轿车上等着她，高舜在公司里开会，那位室内设计师待会儿会过来。高舜告诉她说，那是城中最有名的一位设计师，也是他中学的同学，曾为许多富豪设计他们的梦想之屋。

"但我没追求过她。"前一天晚上，高舜笑着对她说，生怕她误会似的，然后又说，"你喜欢怎样的装潢，告诉她好了。"

这幢山顶大宅是高舜送给她的礼物。如今，她是高太太了。她喜欢的，高舜都会给她。她没要求过这幢大屋，他们婚后住的那座房子，跟她以前住的公寓比较，已经是天堂了。但高舜对她说："我要把最好的给你。"

"高太太。"一个清亮的女声在后面叫她。她回过头来，站在她面前的是一个蓄着时髦短发、穿一身黑色套装、三十出头的女人，手上拿着一个名贵的黑色皮革公文包。

"对不起，我来迟了。"热情的声音。

"你就是明萱吗？叫我米兰好了。"她说。就在她说话的时候，她感觉到明萱飞快地打量了她一下。

明萱长得漂亮，身上有一股大家闺秀的气质。米兰看得出来，明萱是那种从小成绩很棒、受父母宠爱、见过世面的女人，眉宇间有一股无法掩饰的高傲。她从来就不懂跟这种从天堂来的女人相处，才刚开始，她已经有点怕她了，觉得自己在她面前矮了一截。

不出所料，她很快就露底了。当明萱问她睡房喜欢怎样的设计，她一时忘了形，说："我要粉红色的大床，床罩要缀满蝴蝶结，床边要有一张红色沙发。哦，对了，梳妆台要紫色的，有一面很大的心形镜子，天花板的水晶灯要有红流苏。我以前在电视节目里看过这种屋子！"

"这样会不会不太合适？"明萱带着微笑说，脸色却明显沉了一下。

她觉得明萱好像在心里嘲笑她，于是，她胆怯了，没信心地说："你是专业人员，还是你拿主意吧。"

然后，她看看明萱身上的黑色套装，又看看自己身上的粉红色毛裘和迷你裙，一瞬间，她明白了，她这身打扮显示了她的出身。

自从那天以后，她不大愿意跟高舜出去见朋友，老是觉得那些人看她的目光有点异样。房子的事她也不管了，怕被明萱笑话。

她的世界里只有高舜，有他也就够了。他却看出她不快乐。

一天，他陪她去买衣服，告诉她说："那家店是我朋友开的。"

那是城中最高级的一家时装店，挑高的天花板上挂着几排把客人映照得特别漂亮的射灯，空间开阔，卖的都是名牌衣服。店里那位穿着很有品位的女经理为她挑了许多套衣服，告诉她说："高太太，这些都适合你。"

那些衣服高贵优雅，却不是她喜欢的风格。

"小玫瑰来这里买衣服吗？"她小声问那位带着友善笑容的中年女经理。穷日子里，她和丁丁常常梦想穿着小玫瑰的那些晚装。

"我们没见过小玫瑰小姐，不过，我也是她的歌迷。"那个人的答案让她失望。

她回过头去，看到高舜坐在名贵的皮椅子上等她，似乎也认为那些衣服适合她。

"给我全都包起来吧。"她对那位经理说。有生以来头一次，她买了自己不喜欢的衣服，还花了那么多的钱。

回到家里，高舜对她说："你穿这些衣服很好看。"

"我以前穿得很难看吗？"她讪讪地说。

"我没这样说，你穿什么都好看。"高舜笑笑说。

"你太机灵了。"她咬着牙说。

"我很笨。"他赔笑，以为她只是使性子。

"是的，你笨得想改造我！"她打开衣柜，把里面那些粉红的、紫的、红的、金色的衣服全都丢出来，怒气冲冲地说，"你知道我是没品位，你也知道我的出身，你既然嫌弃我，又为什么要娶我？"

话说出口，她已经来不及后悔了。她知道高舜所做的一切都是因为爱她。她不是生他的气，而是生自己的气。

"我从来没有嫌弃过你。"他带着无奈说。

"那是我自己嫌弃自己喽？"

"别无理取闹好不好？"他想抱她，跟她和好。

她往后退，一直退到梳妆台旁边，冲他说："高舜，我不需要你纡尊降贵来拯救我！"

他叹了口气，没说话，沮丧地走出睡房。她颓然跌坐在梳妆台前，趴在自己的手臂上，想哭，却哭不出来。她抬起头，拿起一个紫色天鹅绒粉扑，印干脸上的泪痕。这些粉扑是她从前梦想的，如今，她能买很多很多，它们看起来却已经变得多么俗不可耐。

她把手上的粉扑往身后丢出去，站起来，走出客厅。

高舜坐在书房一把有扶手的椅子里，背朝着窗外的星空，默然无语。她走过去，坐到他大腿上，头往后仰，抵住他的胸膛。这只把她渡向永恒彼岸的小船依然温柔地承载着她的重量。

"我会不会很重？"她问他。

他揉揉她露出来的两个膝盖，摇了摇头。

但她知道自己很沉重，那是自卑和自怜的重量，重得连她自己都快要承受不起了。这些日子以来，她老觉得，当天放弃高舜的那个女人、他以前的女朋友，是比她高尚的。因为那个女人能放弃像高舜这么棒的男人。

"你以前的女朋友长得漂亮吗？"她问。

"别问这些。"他说。

"她会不会读很多书？"她哑着嗓子小声问。

他紧紧地搂着她两个膀子，把她的脸转过来直视她的眼睛，说："别再提以前的事了，好吗？"

"她会不会是一位千金小姐？很会穿衣服？很有品位？"她锲而不舍地追问。

他沉默不语，那短短的沉默，却漫长得让她胡思乱想。

"好了，我们不要说这些！我有一个笑话。"她笑开了，扬扬手说。

高舜怔怔地看着她，不知道她接下去要说些什么。

"我以前有一个客人——"她说。

看到他受伤的样子，她依然固执地继续："他五十多岁了，头有点秃，人倒是不错。有一次，他跟我说，他很想试试做女人。我问他为什么想做女人。他说，'做女人可以化妆、穿裙子、留长发，还可以卖笑呢！'我啐了他一口，说，'不是每个女人都有本事卖笑的。'接着，他说，'不过，做女人还是有一件事情很麻烦。'我问他，'什么麻烦？'他说，'就是每个月的那个呀！'我听得一头雾水，问他，'什么那个？'他说，'就是每个月有几天不方便。'我笑了，告诉他说，'到了你这个年纪，要是变成女人，早已经没有那个了！'"

她说完，歇斯底里地大笑起来。

"米兰，你太过分了！"高舜站起来，气呼呼地瞪着她。

"你就不能开玩笑吗？"她故意笑得更放纵一些。

他走出去，用力摔上门，留下她一个人。她支着桌子笑得浑身颤抖，突然又静了下来。她抬起头看了这幢房子一眼，终于明白，她以前那种生活，是靠幻想来度过的。她挥别了那间飘着腐朽气味的公寓和那条贫穷浊臭的长巷，却摆脱不了往事的折磨。唯一了解她的人，已经同一束白花一起躺进了墓穴，死前并不知道灰姑娘的故事是真的。然而，再深的爱、再完美的幸福与荣华富贵，都洗刷不掉她内心的羞耻和卑贱。

她错了，她不该愿望一个很有钱、她爱他、他也爱她的男人。她要的，应该是遗忘往事的本领。

第五章

猫儿眼

一段爱情
将会有
你

她突然明白以前多么傻，
她失去他是因为太在乎。

七岁那年，有一天，欧媞跟父母和哥哥在家里吃饭的时候，突然宣布："明天会有一个很特别的人来我们家里。"

　　第二天，她那个失踪了十二年的外公突然出现。从此以后，大家都认定她是个拥有超凡第六感的孩子。她能够准确地说出妈妈把钱包遗留在什么地方，爸爸公司那个已经四十七岁、有着更年期臭脾气的女秘书将会怀第一个孩子，哥哥那支从没赢过的球队会在明天的球赛中胜出。

　　来找她问卜的人愈来愈多。她变得很忙，要上学、做功课，还要回答那些人的问题，他们甚至问她某个梦境的意义。

　　她像个转世灵童，只是，她并不是喇

嘛，她也不特别珍惜这种预感的能力，这种能力给她带来太多烦恼了。

别人以为当她愈长大，她的能力也会愈厉害，正好相反，她的能力渐渐变弱。有一天，她对她爸爸说："今天出门，你会遇到一个旧朋友。"

结果，他爸爸那天遇到的，是一头从动物园溜出来、四处捣乱的大黑熊，把他的车子压了一个大洞。

可是，欧媞一点儿也不难过。她爱上解梦，狂啃解梦的书，到外国深造占卜星相学。她用知识去弥补失去的感知能力。

她开了一家解梦所，听人家的梦是她的兴趣。有时候，她也能指点一下别人的迷津，毕竟，她还有一点儿残存的第六感。

就像三年前的那一天，早上起来，她一直有一种奇怪的感觉，好像身体里的每一根神经都在颤动。她在解梦所里替客人解梦，却心不在焉。当最后一个客人进来的时候，她终于明白整天缠绕着她的那种感觉。

她从没见过他。来找她的大部分是女孩子，偶然有些男的，也是个性和外形都比较柔弱的。然而，眼前这个男生全然不同。他那双细长的眼睛闪耀着理性的光辉，神情却又带着一抹对神秘事物的好奇。他脸上有着讨人喜欢的微笑，一双手却交臂抱着，仿佛是来挑战她的。

她却已经知道，他就是那个命定的人。

"我昨天做了一个梦。"他告诉她说。

她投给他一个微笑，示意他继续说下去。

"我梦到一只独角兽。"他说。

她乍然一惊，马上翻看面前一本厚厚的解梦书，不是要看书，只是想掩饰心事。

"这是个不祥的梦吗？"看到她惊讶的神情，他问。

"不是的。"她摇摇头，回答他说，"那是爱情的梦。雄性独角兽是很痴情的，求爱时会依偎在雌性独角兽的膝盖上。"

然后，她问他："那只独角兽在你梦里做些什么？"

"它什么也没做，就只是蹲在那儿。"

她瞥了他一眼，问："你和女朋友的感情很好吧？"

"我没女朋友。"他回答说，好像想指出她猜错了。

她翻着面前那本书，这一次，她想掩饰的是心中的喜悦。她那样问，不过是故意试探他，跟那个梦无关。

"那么，你将会有一段爱情。"半晌，她带着些许微笑说。

他离开之后,她一直想念着他,想象着她和他之间的各种可能性。隔天,这个叫徐文正的男人又来到她的解梦所,说的是另一个梦。她听着听着入迷了,他说着说着忘了自己的梦。

"来这里之前,我明明还记得,现在却想不起来了。"他搔搔头,尴尬地说。

"忘记了的梦,也就不重要了,不会有什么影响。"

他走了,她知道他还会再来。对他的期待,成了她每天生活的重心。

后来有一天,在解梦所里,她正在解释他前一天做的那个梦:他梦见自己打劫精神病院,警察来追捕他,他拼命逃跑,最终还是被他们逮着。警察没把他关进牢里,反而把他送回去精神病院,警告他,他并不是什么江洋大盗。他听了难过,大喊着说:"我没有病!"

她皱皱眉,想了很久。他瞥了她一眼,向她忏悔说:"我昨天根本没有做梦,这个梦是我瞎编的。"

"那么,以前的梦呢?"她问。

"除了第一个梦,其他的都是我瞎编的。"

她生气了,站起来,双手支着桌子,问他:"那你为什么要骗我？"

"我想找些写作的题材。"他老实回答。

她早就知道他不是那种会找解梦师的男人，她太熟悉那种人了。

"你是作家？"她质问他。

他点点头，露出歪斜的笑容。

"写些什么？"

"科幻小说。"

"没听过你的名字，很出名吗？"

"不出名。"

"好歹也说出来听听。"

"徐人侠。"

她怔了一下，没想到他就是大名鼎鼎的徐人侠，是近年最红的科幻小说家。她读过他的书，他的书都没有作者的照片，所以她认不出他来。她看着他，表情讪讪的，心里早就原谅了他。

"那么，你有题材了吗？"她坐下来问，语气有点不悦。

他点了点头。

"那为什么还要来？"她翻着面前那本解梦书问。

"你的第六感没告诉你吗？我以为解梦师会比别人知道得多。"他瞥了瞥她。

"我的第六感很久以前就已经不灵了。"她摇摇头，脸上带着一抹羞涩的微笑。但是，那不需要第六感，他是为了她而继续来解梦所。命定的，都逃不了。

那天以后，徐文正的梦是在她身边做的。那本以梦作主题的小说也出版了，女主角是个解梦师。这不是她第一段爱情，却是她最倾心的一段。他们住在离解梦所不远的一间外墙贴上红砖的小公寓里。他爱躲在书房里写稿，她老爱悄悄走进去，脸朝着他跨坐在他大腿上，两条腿盘缠着他，胸膛抵着他的胸膛，脸抵着他的脸，静静地抱着他，像婴儿住在子宫里。他得空出一只手来继续写稿。

一天晚上，他正在写结局。她坐到他身上，揉着他的头发问："写结局是不是最兴奋的？"

他摇着头，说："我最讨厌结局了，因为已经知道了要写什么，再也没有惊喜。"

"那么，你喜欢哪一个阶段？"她问。

"开始和中间。"他带笑望着她，说。

她突然有些不祥的预感，两条腿把他缠得更紧一些。

三年的日子流逝得多么快，她以为他们的结局还很遥远，会跟他写的小说不一样，充满有待探索的惊喜。然而，像徐文正这种靠着燃烧火花生活的人，并没有等待的能耐。

那天晚上，她等他，睡着了，做了一个吹熄蜡烛的梦，醒来的时候浑身是汗。他回来的时候，她问他："你去了哪里，这么晚才回来？"

"跟朋友聊天。"他懒懒地回答。

"是什么朋友？我认识的吗？"

"写书的朋友。"他一边说一边脱掉衣服躺在床上。

"你近来都是这样。"她幽幽地说。

他没回答，关上灯背朝着她，曲着身子睡觉。

她怔怔地望着天花板，把他近来的改变想了千百遍，却不愿承认他变了。她身上穿的，是前几天买的一袭性感的黑色亵衣，背后全是蕾丝。那天，在内衣店里，她拿起来比在身上，看着镜里的自己，笑笑，却又有些难过。

这天晚上，她一直在床上等着他回来，想着挑逗他的千百种方法。然而，当他回来，躺在她身边，她却失去了勇气，只能卑微地缩在被窝里，生怕他会看到她身上这件出卖她心事的亵衣。

那个吹熄蜡烛的梦预言了感情的终结。徐文正每次看完电邮之后会马上删掉，生怕她偷看似的，她由得他。他常常半夜才回家，说是跟编辑讨论他正在写的一本书，她由得他。他时常躲在书房里小声讲电话，一讲就是几个钟头，她由得他。星期天，他不再陪她，她由得他。他说在家里写不出东西，要独个儿旅行找灵感，她咬咬牙，由得他。

她努力骗自己，告诉自己说："由得他！由得他！"

徐文正却不让她骗自己。后来，有一天晚上，他难得在书房里写稿，她走进去，带着讨好的微笑面朝着他，跨坐在他大腿上，脸抵着他的肩膀。

"别这样。"他挪了挪身了说。

她吃惊地看着他，他嘴上带着一抹厌恶的神色。

"你是不是爱上了别人？"一阵沉默与内心挣扎之后，她颤声问。

他没回答，眼睛避开她。

"她是谁？"她低低地问。

"我们之间已经完了。"他终于说。

她双唇抖颤，眼泪飞射而出。

"不是一句完了就可以完了的！"她哭着说。

"你还想我怎样？"他脸上一点儿表情也没有。

"我到底做错了什么？你至少要让我知道。"她不甘心地问。

"你没错，错的是我。"他微微叹了口气，把她的身体挪开，站起来说，"我明天会搬走。"

她拉扯着他，哀求地说："我们之间到底发生了什么事？"

"别傻，你很快会忘记我。"他用怜悯的眼光看着她。

"我不会。"她凑上去吻他。

他别过脸去避开她的双唇，缓了缓，说："不要这样，我们真的完了，只是你一直在逃避。"

"我不让你走！"她呜咽，使劲抓住他不放。

"我们根本合不来，你别发神经好不好？"他无情地把她推开。

"你为什么要这样对我？！"她脸埋在手里，哭得浑身发抖。

他没理她，撇下她一个人，第二天就走了。那天的雨很大，天空沉了下来，他把自己的东西清空，一句话也没留下，撕裂了她的芳心。

他走了，她为自己曾经那样卑微地哀求过他而看不起自己。她以为她不再需要他了。然而，她一天比一天想念他，做什么事也提不起劲儿。在解梦所里为客人解梦的时候，她听了人家的梦，哭了出来，害得对方以为自己的梦是凶兆。

她失去了许多客人，除了米兰。这位富有又漂亮的年轻太太偶尔会来找她解梦，两个人有时会聊聊神秘的事情，像占卜，像通灵，像第六感。米兰是个善良的女人，好像不是为了来解梦，只是想找个人聊天。一天，她在米兰面前哭了，告诉她，她好想她以前的男朋友。米兰同情地抚抚她的头，若有所思地说："你跟我以前的一位朋友长得很像。"

"是吗？"

"可惜她死了。她是我最好的朋友。"

隔天，米兰来到解梦所。她好像有备而来似的，把皮包紧紧揣在怀里。

"有一副宝石魔牌，可以帮人达成愿望。"米兰压低声音说。

"连变心的人也可以挽回吗？"她惨然地笑笑。

"但是，这副纸牌现在只剩下十七张，万一你抽到的是一张黑色的冰寒水晶，你会马上下地狱。"米兰从那个桃红色皮包里掏出一个幻彩牌盒，放在两个人之间的小圆桌上，盒子里有一副纸牌。

"这是塔罗牌吧？"她瞥了米兰一眼。

"它比塔罗牌厉害多了。"米兰咽了口口水说，"月圆之夜的十二点钟，你抽出其中一张纸牌，说出你的愿望，然后念一句咒语，那个愿望就会成真。"

"什么咒语？"她狐疑地看着那个不断变换颜色的牌盒。

"'月夜宝石，赐我愿望'。"米兰看了看她，说。

"今天晚上就是月圆之夜哦。"她看了看桌上的日历。

"你只可以许一个愿，愿望成真之后，你要把这副牌送给下一个人，否则，你的愿望会马上幻灭，下场会很悲惨。"米兰凝重地叮嘱她。

"这副纸牌，你是从哪里得来的？"

"你最好不要问。"

"那你又为什么给我？"

"你将来也会送给另一个人。"米兰朝她笑笑。

她好像有点明白了。等她许的愿望实现了,她也得把这副纸牌送给下一个人。可是,这副纸牌真的有那么神奇吗?为什么不试试呢?反正她也没有什么可以失去。

米兰留下了那副纸牌。她离开以后,欧媞把解梦所的大门锁上,关掉了灯,一直待在那儿。快到午夜十二点的时候,她打开一扇窗,远处高楼大厦的霓虹灯闪耀着,她看到一个镶了金色光晕的圆月从两幢高楼之间冒出来,缓缓往上升。这时,她看看钟,十二点了。她深呼吸一下,再大口呼吸,然后,她打开牌盒,手按在纸牌上,紧紧闭上眼睛念:"月夜宝石,赐我愿望。我要徐文正回到我身边,永远永远爱我……"

她絮絮念着,声音愈来愈小,微颤的手从纸牌中间抽出一张牌。她缓缓翻过来看,是一颗黑色的圆形宝石,不就是米兰说的冰寒水晶吗?这下她完了,她会下地狱。她哭了,她还不想死。

猝然之间,房子震动起来,她背后书架上的书全都掉了下来,她吓得趴到桌子底下缩成一团。那张她抽到的纸牌这时掉到她面前,上面印着一颗浑圆凸面的宝石,不是黑色的,而是金绿色的猫眼石。这一刻,猫眼石发出一道白光,仿佛猫儿一双闪亮而诡秘的眼睛牢牢盯着她看。一瞬间，她在那双猫眼中看到徐文正的归来，她笑了，她就知道这个世界上有许多不可思议的事情。

回家的时候，她把背包紧紧揣在怀里，一只大黑猫不知从哪里蹦出来，从她脚边蹿过，吓了她一跳。她抬起头，看到公寓的台阶上一个熟悉的身影等着。她陡地放慢步子，看到徐文正从台阶上站了起来。她看到那张她想得好苦的脸。她朝他走去，鼻子酸酸的。他看着她，脸上带着忏悔和无辜的神情，那种神情使得他本来直挺的身体弯曲了一些，一双手不知所措地垂在两旁。

"那把门锁一直没有换过。"她对他说。

"我知道。"他说，带着令人动心的微笑，从裤袋里摸出公寓的那把钥匙，对她说，"我一直留着。"

"可我已经不住在这里。"她说。

他一脸错愕地看着她，不知道接下去说些什么好。

她那双憔悴的眼睛终于笑了，说："你相信吗？"

他松了一口气，可怜巴巴地说："对不起。"

她静静地看着徐文正，宝石魔牌上那颗猫眼石深深嵌入她的心头，金绿色的光芒照亮了重聚的时光。他抓住她握成拳头的一只手，把她的手指一根一根掰开来，然后牢牢地牵着她的手。

那个晚上，他们在床上紧紧地搂抱，一起回忆过去那些欢快的日子。他责备自己竟然这样对她，恳求她的原谅，并且答应永远爱她。最后，他用一个长吻来结束这段悔罪的告解。那个吻很长，从午夜一直吻到白色纱帘外的朝阳淹没了昨夜的告解室。

她首先醒来，明亮的眼睛停留在他身上。他裹着被子，头发乱蓬蓬，睡得很酣，那张很会调情的嘴巴微微张着。她抬起一条腿，脚掌踩在他嘴巴上，他浑然不觉，这时，她脸上露出一个诡异的神情。

三个月后的一个晚上，她从解梦所回来，徐文正在书桌那边写稿。他看见她，雀跃地问她："这个星期六晚上，你有空吗？"

"什么事？"她问。

"我跟你提过的那个颁奖礼，这个周末举行。"

他的一部小说拿到一个文化基金资助的奖项，那是所有科幻小说家梦寐以求的荣誉。

"我想你出席。"他深情地说。

"好啊。"她微笑答应。

到了颁奖礼的那天，她中午出门的时候，穿了一袭漂亮的黑色裙子，裸露的背上打了一个蝴蝶结。

"你要我晚一点过来接你吗？"他问。

"我自己去好了。"她一边说一边匆匆穿上鞋子出去。

这一天，她故意把预约一直排到晚上十点钟，更索性把手机关掉，专心为客人解梦。这天晚上最后一位客人并没有预约。这位穿雪白衬衫和黑色笔挺西装、打了一个蝴蝶领结的客人，进来的时候手上拎着一个小提琴盒子。

"你是拉小提琴的？"欧媞问。

带着失意眼神的年轻小提琴手点点头，问："你已经下班了？"

"没关系，请坐。"欧媞说，然后她问，"你做了什么梦？"

"其实我没做梦。"小提琴手尴尬地说。

"你总会做过梦吧？"

"我常常失眠。"

她同情地看着他，说："那很可怜。"

"所以，经过楼下，看到解梦所的招牌，心里觉得很妒忌，也有点好奇。刚刚从一个颁奖礼走出来，其实真的有点无聊。"小提琴手抱歉地笑笑。

"不管你有没有梦要说，我的解梦费可是三百块钱一个小时的哦。"

"没关系，我会照样付你钱。"小提琴手很高兴没给赶出去。

"你说你刚从一个颁奖礼走出来，是什么样的颁奖礼？"她随便找个话题。

"是一个科幻小说奖。"

她怔住了，好半晌没说话。

"你也知道这个颁奖礼吗？"他问。

她微微点头，突然有一种说不出的惆怅。

"冠军的作品，主角是一位小提琴手，所以主办机构找我去拉一支曲子，点缀点缀。"他接着说。

"那个冠军应该很高兴吧？"她问他。

"倒也不是，他看上去有点落寞，领奖的时候只说了一声谢谢。"

"你读过那本小说吗？"她问。

小提琴手摇摇头，说："我很少读小说。"

"那个故事说的是一个怪胎却又天才横溢的小提琴手，为了追逐人间最美的音色而变成了连环杀人犯，他要杀掉所有唱歌走调的人。"她告诉他说。

小提琴手先是一怔，然后咯咯地笑了，说："我希望它不是很畅销吧，否则，读过那本书的人以后都会用异样的眼光来看小提琴手。"

"它很畅销。"欧媞摇着头说。

"怪不得刚才在颁奖礼上，每个人都把我看成怪胎。"

本来有点惆怅的欧媞忍不住笑了，问："他们事前没告诉你吗？"

他耸耸肩，说："反正他们说了我也会去，今晚的酬劳很吸引人。"

"你刚刚在颁奖礼上拉的那支曲子，可以再拉一次给我听吗？"

小提琴手好像觉得这个提议很有趣，他站起来，从盒子里拿出那把亮晶晶的小提琴，琴抵住下巴，身体随着那首悲伤的小夜曲优雅地摇晃。

欧媞沉醉在音乐里，露出一个凄凉的微笑。那个凄凉的微笑在回家的路上换成了冷漠。欧媞用钥匙打开门，徐文正在屋角一盏幽幽的落地灯下等她。

她带上门，丢下钥匙，没看他。

"你不是说好会来的吗？你的电话一直打不通。"徐文正低低地开口。

"今天晚上的客人很多。"

"哦，是吗？"失望的声音。

"你以后还会拿奖的哦。"她坐在他身旁，拍拍他的肩膀说。

他转过身去搂着她，凑上去吻她。

她避开他湿湿的嘴唇，脸露厌恶的神色，问他："你刷牙了没有？"

"刷了哦。"他一边说一边伸手去松开她背后的蝴蝶结。

"再去刷嘛。"她拽开他的手。

"待会儿再刷吧，现在先来庆祝！"他把她按在沙发上。

"庆祝什么？"她挣扎着。

"庆祝我拿奖。"他使劲地把她压在身体下面吻她。

"这种事是用来庆祝的吗？你以为我是拜神的烧肉吗？滚开！"她连续搧了他几个巴掌，坐起来把他推开，双手伸到背后把裙子的蝴蝶结系上，用手背擦擦嘴唇。

他那双尊严受损的眼睛看着她。这已经不是她头一次这样对他了。

"自从我回来之后，你为什么总是对我忽冷忽热？"他红着脸问。

"我一向都是这样。"她瞥了他一眼，冷冷地回答。

"我到底做错了什么？"他卑微地问。

"这句话多么似曾相识啊。"她心里想，默然不语，撇下他走进睡房拿了一套睡衣到浴室去。曾经有多少个夜晚，她不也是孤零零地在那盏落地灯下等他回来吗？他终于知道那种滋味了。

她点燃了一根薰衣草蜡烛，泡在注满水的浴缸里，脸埋水中。过了一会儿，她抬起头来甩了甩，长长地吸一口气，脸上的表情像笑，也像沉思。月圆的那个晚上，她对着宝石魔牌许的那个愿望，是要徐文正回来她身边，永远永远爱她，然后，她要向他报复，要他受尽所爱的人施加的痛苦和折磨。

在公寓外面的台阶上看到他的那天，她戏弄他说："可我已经不住在这里。"他几乎相信了，从那一刻开始，便是一场戏弄；不过，这种戏弄是带着感情的。这些日子以来，她和他的地位逆转过来，她对他忽冷忽热，甚至无理取闹，而他总是会迁就她。她对他愈坏，他愈爱她。她突然明白以前多么傻，她失去他是因为太在乎。

她不爱他了吗？却也不是。相反，因为看到他的痛苦，她好像爱他更深了。就像一个向一条小狗施虐的主人，看到伤痕斑斑的小狗会生起怜悯之心，把它抱在怀里抚爱。一旦它的伤口复原，她却会再次对它施虐，而那条忠心的小狗依然会义无反顾地朝她跑去。人与狗已经牢牢地缚在一起了。

她从浴室里出来，看见徐文正屈曲着身体，身上裹着被子，脸埋被子里躺在床上。她静静地坐在床边，听到他微微地打鼾。他蜷缩的四肢看起来就像一条习惯被虐待的小黄狗卑微地寻梦去。这天很冷，她悄悄拿走他身上的被子，披在自己身上。

小提琴手后来又来过解梦所几次。他的失眠症没有好过来，每天只能睡几小时，做过的梦，因为醒来的时候太累，也记不起了。欧媞没有收他解梦费，他为欧媞拉琴也没收取酬劳。他拉琴很好听，她觉得自己反而赚了。他也是个聊天的好对象，虽然有点失意，却很会自嘲。他告诉她说，有一次，他到外国旅行，在马戏班里看到一只会拉小提琴的猴子，得到的掌声比他所有的表演都要多。

"因为它是猴子嘛，它表演蹲厕所也会有人为它鼓掌。"欧媞笑着说。

欧媞有时会和小提琴手去吃饭。两个人谈音乐，也谈梦。欧媞告诉他说："我喜欢小玫瑰的歌。"

"我也爱听她的歌。"

"还以为你只喜欢古典音乐。"

"我才没那么严肃。"他笑笑说。

"每次听她那首《那些为我哭过的男孩》，我都觉得很幸福。"

"是不是有许多男孩子为你哭过？"他问，带着好奇。

她笑了笑，没回答，然后想起什么似的，从背包里掏出几张福音光碟来，说："这是我以前一位客人给我的。这只迷途的羔羊后来不知怎的信了上帝，为了希望我也能进天堂，所以塞了这几张圣经福音的光碟给我，我才听了几分钟就睡死了。我想，对你的失眠症也许会有帮助。"

小提琴手半信半疑地接过那几张光碟，笑着说："万一失眠症没治好，却信了耶稣，那怎么办？"

"那就可以进大堂啊。"欧媞说。

第二天，欧媞接到小提琴手的电话。

"看来我是没法进天堂了，你给我的光碟比迷药还要厉害，我听了五分钟便睡得像死了一样。这种好东西，你还有没有多一些？"小提琴手问她。

"好的，我找找看。"她说。

她哪里还有？那个客人已经很久没来了。

那天，她下班后经过一座教堂，一些教友在那儿派福音传单，她灵机一动，拿了一沓传单。夜晚，她拿着录音机，躲在书房里，模仿光碟里那个沉闷的女声读着传单上写的那些福音故事。徐文正好几次探头进来，问她："你在干什么？还不去睡？"

她背朝着他，好像做着什么秘密的事儿，不想让他知道。

第二天，她把录音光碟交给小提琴手，说："我又找到两张。"

精神焕发的小提琴手说："看来我要请你吃饭。"

往餐厅的路上，他们肩并肩绕过繁华的大街，他的手好几次碰到她的手，她没避开。然而，就在他们说着笑着走过马路的时候，一个熟悉的身影从她身边走过，停下来看了看她和小提琴手，眼神满是诧异和忧伤。她没想到会在这里碰见徐文正。她看见他，脸上的笑容僵住了片刻，没有停下来，直往前走。徐文正也没追上来。那一刻很短暂，小提琴手没有注意到。

在一家地中海式的小餐馆吃饭的时候，她一再想起徐文正那张错愕的脸和脸上那种遭到背叛的痛苦。她喝了很多酒，话说得很少。

回到家里，徐文正在那盏寂寞的落地灯下等她。她脸上带着胜利者的微笑和说不出的痛快，走进睡房去拿睡衣。

他跟在她后面，沮丧地问她："你最近都和他一起吧？"

她没回答。

"他是谁？"他可怜地问。

"朋友。"

他咬咬牙，从抽屉里翻出那件黑色的亵衣丢在床上，问她："这是穿给他看的吧？我从来就没见你穿过！"

"你干吗翻我的东西？"她愠声说，脸上露出复杂的神情。那时，她想用这件黑色的亵衣去抓住她那段快要失去的爱情，然而，她穿上亵衣躺在被窝里的那天晚上，他连碰都没碰她。他当然没见过。

"要是我跟他睡了，我会告诉你，但是，到今天为止，还没有。"她投给他冰冷的一瞥。

"你为什么要这样对我？"

"没得解的。"她说。

"你是恨我吧？"他红着眼睛，语气痴傻地问。

"好像也不是。"她说着把那件黑色亵衣放回抽屉里去。

然后，她躲到书房里，拿起麦克风，对着录音机念着传单上那些天国的道理，好像不是要念给小提琴手听，而是念给她身体里那个麻木了的灵魂听。

那天晚上，她做了一个梦，梦见自己头上戴着红玫瑰编成的花冠，重又变回一个处女。

隔天，她把一张光碟送给小提琴手，说是无意中在另一个抽屉里找到的。以后的日子，她又录了几段给他。为了录音的内容，她还特地去教堂的书店买了几本书。如今，书房是她的，徐文正只好在客厅里写稿。等到她上床睡觉，他才又回到书房去。他正在写一部新书，留在家里的时间比她还要多。

　　她和那位小提琴手一星期总有一两天一起吃饭。她知道他喜欢她，只要她向他伸出一只手，他会马上紧紧牵住那只手，也许再也不肯放手。然而，她那只手始终没伸出去。她喜欢他吗？她从来就没有为一个人在夜里悄悄念那些天国的道理和福音。只是，她的命运好像早已经跟那个背叛过她的人缚在一起了。

　　终于，那天在解梦所里，她对小提琴手坦白说："有几张光碟是我伪造的。"

　　"我知道。难道你以为我听不出来吗？我好歹也是个靠音乐靠耳朵吃饭的人。"他笑笑说。

　　"那么，你睡得着吗？"她问。

　　"是你的声音，所以一直失眠。"

　　她内疚地皱着眉笑笑。

　　"我听着舍不得睡。"他说。

　　她笑了，带点唏嘘地说："我很会折磨人。"

　　一种奇怪的气氛凝在他们之间，小提琴手腼腆地站着，胸膛因为紧张的呼吸而起伏。然而，她并没有迎上那个胸膛。她的第六感告诉她，他不是她命定的那个人，她也不可能拥有第二个愿望，要这个男人永远永远爱她。

这些日子以来，为小提琴手念的天国福音渐渐变成她为自己而念的。她为什么要苦苦折磨一个人？那个重又变回处子的梦，象征她失去的纯真想法。她曾经多么相信爱情，多么善良，而今，她的心却是多么幽暗。那天之后，米兰没有再到她的解梦所来。她不知道，这个神秘的女人到底是天使还是地狱使者。

这天，她提早一点下班，想回去见见徐文正，跟他吃一顿饭，从此不再折磨他。她用钥匙打开门，屋里亮着灯，她轻轻把门带上，看见他脸上满溢着神采，眼睛周围熠熠生光，兴奋地拿着一沓稿子，告诉她说："我写完了！这是我写得最好的一部小说！是最好的，不知道以后还可不可以写得更好！你看看！你看看！"他的声音几乎是兴奋地颤抖着。

她在那盏落地灯下读着那本小说，心弦颤动。那是徐文正写得最好的一本书，跟他以前写的完全不一样。她一直知道他有才华，却没想到他像脱胎换骨似的。

她抬起眼睛看他，想说些赞美的话，他首先说："很久以前有人说，作家是用痛苦来成就的。那时候，我觉得这句话是自虐狂才会说的，我就不相信人要痛苦才写得出好东西。但是，我现在终于明白。"他蹲在她面前，牢牢握着她的一双手，带点自嘲地说，"人生的痛苦也不是一无是处的。"

他差点儿便会开口要求她继续折磨他，好让他能够写出更好的作品。她望着他，噘着嘴笑了。

"你笑什么？"他天真地问。

"我本来想信耶稣，现在看来不需要了。"她懒懒地回答。

第六章

愚人金

要是
一切
可以重来

从 这 一 端 到 她 那 一 端，

他 身 后 的 这 段 距 离，

隔 着 无 法 向 她 坦 白 的 秘 密，

是 他 一 生 中 最 遥 远 的 距 离。

这天晚上，他是个没名字的小提琴手，穿着笔挺的黑色礼服，在一个私人园游会上担任其中一位表演者。他拉琴的时候，那些穿得漂亮讲究的男男女女在台下聊天说笑，小孩子们互相追逐嬉闹，唯独一双明亮的小小的黑眼睛在台下盯着他看。这个约莫七岁的男孩是主人家的儿子，样子老成而忧郁，一直蹲在那儿，双手托着下巴，皱着眉，目不转睛地朝他看。他给这个老小孩看得尴尬极了，只好不时别过头去。

园游会到了尾声，他收起小提琴。负责人是个过气的吉他手，吉他手把他拉到一边，给了他几张大钞，是他今天晚上的酬劳。他数数钞票，折起来放进口袋里，说了一声多谢。正要离去的时候，这个矮胖的吉他手问他："你认不认识一些女的小提琴手？要年轻漂亮的，穿迷你裙小背心，现在流行这些。"

他笑笑没回答。

提着琴，挽着礼服从后门离开大宅的时候，他听到后面传来急促追赶的脚步声，他放慢脚步朝后看，看到主人家的那个儿子。

"哥哥，你叫什么名字？"这个孩子问他。

他好惊讶，在这种地方，竟然还有人想知道他的名字。

"邢志仁。"他几乎是带着感动对这个孩子说出自己的名字。

"长大后，我也要成为小提琴手。"男孩腼腆地吐出这句话。

"要是不能成为最好的，那会很难受。"他对男孩说。

"我会成为最好的。"男孩笃定地说。

他怔立无语，仿佛从男孩身上看到那个遥远的、儿时的自己。他七岁学小提琴，赢过无数奖项，十一岁首次公开表演，一直相信自己会成为一位出色的小提琴手，命运却爱开他的玩笑。

"哥哥，你可以教我小提琴吗？"男孩问。

他没回答，转过身去，走在灯火已暗的路上。他不教任何学生，不是出于吝啬，而是不愿意看着另一个人走在命运的那条路上。

迈着沉重的步伐，他回到宿舍。这幢朴素清静、每户都有浅蓝色阳台的公寓是他工作的管弦乐团为职员提供的，外面有个院子，练习室就在旁边。他正要进去宿舍的时候，康薇从练习室回来。她穿着黑色高领毛衣和长裤，手上拎着小提琴，看见他时，她微微点头。他点了一下头，让她先进去。两个人在电梯里默默无语，他瞥了她一眼，她脸上一贯冷漠的神情，好像嗅到他身上带着园游会上的烟味和酒味，有点嫌弃他似的。

乐团有明文规定不准在外面兼职，然而，这么晚了，他手上带着琴从外面回来，谁都能猜到他是去赚外快吧？何况，康薇就住在隔壁，他晚上回来，不免会惊动她。

电梯往上升的时候，他斜眼看着康薇的侧影，想象她穿上小背心和迷你裙拉小提琴的样子，她平常总是穿得密密实实的。想着想着的时候，他不由得笑了，不是出于任何色情的念头，而是一股报复的快感。

电梯在四楼停下来，康薇先出去。

"晚安。"她首先说。

"晚安。"他愉快地说。

她瞥了他一眼，像是看穿了他的坏念头，他连忙收敛笑容进屋里去。

窗外挂着一个幽幽的上弦月，又是一个漫长的夜晚。他把琴搁下，软瘫在一把白色皮革扶手椅子上，双手枕在脑后，眼睁睁地看着窗外。这两年来，他常常失眠。前几天经过一间解梦所时，他走进去，不是有梦要解，而是妒忌人家可以睡着有梦。解梦师是个可爱又有点神经质的女孩，竟然倒过来请他拉一支曲子。他拉了，她托着下巴听，很感动的样子，末了还大力鼓掌，唤起了他失落已久的优越感。

他从椅子上站起来，抵着墙，拉长耳朵听听隔壁有什么动静，却一个声音也听不见。康薇好像总是能够睡着，睡得比他酣。他重又回到椅子上，凝视着窗外的夜色，心里酸酸的。

他和康薇是同时进管弦乐团的。面试那天，他迟到了，提着琴冲进音乐厅时，看到一个女孩站在台上，纤纤素手拉着琴，身上穿着一袭黑色长裙，高高的个子随着琴音优雅地摇晃，头上的发丝飘扬，专注的脸上有一种动人的美。她的美，和着琴音成了浪潮，把他淹没。他呆呆站在那儿，她被突然冲进来的他分了一下神，抬起眼睛瞥了他一眼，又回到琴弦上。他有点不好意思，连忙坐下来用心谛听，心里想："这个女孩的琴拉得不错。"

轮到他上台，他一心要赢她。为了在她面前炫耀，也为了男人的英雄感，他临时改变主意，拉了一首难度更高的曲子，主考露出赞叹的神色，她在台下却神色淡然。

两个人都获得录取。他比她早了几天搬进宿舍。那天，他在屋里听到走廊上搬运工人大声说话的声音，打开门走出去看看。这时，他看到她把头发束成马尾，拎着大包小包。看到他时，她微微点了一下头。他想要帮忙，屋子里却走出一个男人来，接过她手上的东西。

"邢志仁！"那个男人认出他。

他也认出这个男人来，他是他中学的同学周培伦，周培伦毕业后出国留学，两个人许多年没见了。周培伦外表俊朗活泼，学业和运动的成绩都很优秀，家境富裕，一向很受女生欢迎。

"请你以后多照顾她。"周培伦手搭在康薇肩膀上，跟他说。

"她原来是那种喜欢富家子弟的女人。"他心里想。

她乌黑的眼睛锐利地瞥了他一眼，好像看穿了他心里想些什么。她不打一声招呼，快快地转身回屋里去。

他心里有些抱歉，以后在乐团里或是在宿舍里碰到她时，也有点尴尬，不知道说些什么好，她的神情也比以前更冷淡。渐渐地，两个人虽然比邻而居，却不相往来。周培伦倒好像什么也看不出来，他天生就不是那种对事情很敏感的男生。三天两头，周培伦会来看康薇，捧着大包小包的材料来给她做菜。两年前平安夜的前一天，他在走廊上碰到周培伦。

"你明天有空吗？过来吃饭吧。"周培伦热情地邀请他。

他本来想找个借口推辞，周培伦却说："放心吧，我很会做菜。"

他无奈，只好答应。到了那一天，他带了一瓶酒过去，来开门的是康薇。他对她微微一笑。

"他在厨房里。"她对他说，脸上挂着冷淡的微笑，撇下他转身走进书房。

"你来啦？"周培伦身上穿着围裙，从厨房探出头来。

"要我帮忙吗？"他走进厨房，看见周培伦正在煮意大利面。他一边用夹子把锅里的面条夹到一个盘子里一边说："现在的女孩子都不会做菜。要是我不来，她只会吃面包。"

看着周培伦，他突然有些感慨。男人的幸福和窝囊之间到底有什么分别？他觉得周培伦变得窝囊，这个领袖生从前的风采跑到哪里去了？康薇这个女人真叫人窒息，她竟然可以像皇后那样待在书房里不来帮忙。

吃饭的时候，她一句话也没说，都是他和周培伦在说话。周培伦说话的时候，眼光不时投向她，她只是淡然地笑笑，看不出心里想些什么。

"你们音乐家的脑子里到底是装些什么的？"周培伦问他。

这是一个他不懂回答的问题，他笑了笑。

吃过饭后，回到自己的公寓，他瘫在客厅的那把椅子上。隔壁阳台上的灯熄了，他听不到周培伦离开的脚步声。他久久地看着窗外的夜色，心里有一种说不出的滋味。

那天晚上之后，他没有再见过周培伦。有好几次，他在走廊上碰到康薇，她怀里夹着一根法国长棍子面包，有时几天都不出门。他想起周培伦说，他不来，她只肯吃面包。后来有一天，下着大雨，他从外面回来，看到一个黑影躲在公寓外面那棵银杏树下。他以为是窃贼，戒备地走上去看，竟发现那个黑影是周培伦。他浑身湿透，看上去很憔悴。

"你为什么不进去？"他问周培伦。

"她不肯见我。"他可怜巴巴地说。

他早已经猜到几分，不知道该对周培伦说些什么安慰的话才好。

"她最近好吗？"周培伦带着想念的神情问他。

"她常常吃面包。"他告诉周培伦说，他不知道这算不算是安慰的话。

从此以后，他没再见过周培伦，周培伦说不定偶尔还会躲在那棵银杏树下，只是他再没有碰见他。周培伦走了之后，康薇那边比以前更安静了。

就在那段时间，管弦乐团来了一位新的总指挥费城。四十岁的费城在国际上很有声望，但作风专横，为人自负。他来的第一天，竟要求每位乐手第二天要到练习室单独对他弹奏一支曲子，决定以后的去留，这在管弦乐团里是从来没有过的事。

那天，他自信满满地在费城面前拉了一支曲子，费城什么也没说。他出来的时候，在走廊上碰到康薇，她拎着琴走进去。他靠在走廊的墙壁上，听到里面传来她的琴音，她拉出了水平，他放心了。

几天之后，他接到信，通知他可以留下。第二天，他兴高采烈地跑去练习室跟大伙儿集合，看到康薇也在那儿。康薇看见他，脸上没什么表情，于是，他也装着没有特别注意她。然而，当费城宣布康薇从今以后是管弦乐团的首席小提琴手，并且在即将来临的演出中有一段个人独奏，他的心情当场就变了。

那以后，康薇有许多独奏的机会，认识她的人也越来越多。

"费城看上了她。"他在心里认定。从那时开始，他对乐团灰心了，他常常偷偷在外面接工作，也在餐厅和私人宴会上表演。明知道一旦被发现会被管弦乐团开除，却还是接下来。当他偶尔在宿舍里碰到康薇，他反而比以往更大方地朝她微笑，好像他根本没把她放在眼里。他甚至很少去练习了。

"谁叫我不是女人？"他对自己说。

有一次，他喝了酒回来，把壁橱上面的奖座全都扔到地上去，却马上又后悔。康薇在隔壁也许会听到声音，她会嘲笑他。

不知道从哪天起，他患上了失眠症。无眠的夜里，他竟会抵着墙，静静地听着隔壁的声音。他为何会这样？他只知道，这样做的时候，他心里满怀着妒意。

上解梦所去，是他失眠了差不多两年的时候。他和解梦师欧媞很谈得来，每星期总有一两天一起吃饭聊天。有天晚上，他做了一个梦，梦见自己变成了秃头。

"有人破坏了你的自信呢，你的自尊心因为他而低落。是不是有这个人？"欧媞问他。

他无言，说不出的沮丧，告诉她说："我一直想成为最出色的小提琴手，但是，我也许没我自己以为的那么棒。"

每一次的演出，对他来说都是一场折磨。康薇是台上的主角，他只是个闲角。多少个夜里他醒着，耳朵贴在墙上，听着一片无边的寂静。他还记得，刚搬进来的那天，从阳台上望出去，看到远处起伏的一片壮阔山峦，他踌躇满志。而后，隔壁搬来了另一个人，那个人竟然超越了他。他曾在这里尝到了胜利的滋味，而今却在咫尺之遥得知失败的酸楚。

他喜欢上了解梦师欧媞，但欧媞没有接受他的爱，仿佛连她也嗅到他身上失败者的气味。然后有一天，他沮丧地来到解梦所，为欧媞拉了一支悲伤的曲子。他几天没睡，人又累又软弱，忍不住哭了出来，告诉她说，他打算放弃小提琴。

　　欧媞什么也没说，由得他哭。等他哭完了，尴尬地坐直身子，她从抽屉里拿出一个幻彩牌盒来，两只手放在盒子上，神情严肃地说："这是一副宝石魔牌，可以帮助你达成愿望。"

　　"又是那些福音光碟吧？"他一边擤鼻涕一边看着那个不断变色的牌盒。欧媞给过他几张圣经福音的光碟，他一听就昏睡过去，从没睡得那么好过，于是问她再要一些。后来的那些，却是她模仿前两张光碟的声音录的，他一听就听出来了。

　　欧媞摇摇头，说："不，这不是福音，这是宝石魔牌，现在只剩下十六张，其中十五张都可以帮你达成愿望。但是——"她重重地咽了口口水，接下去说，"万一你抽到的是一张黑色的冰寒水晶，你会马上下地狱。"

　　"反正我也进不了天堂，到了那里，只要不用再拉小提琴便好。"他吸着鼻子说。

　　欧媞把那副牌推到他面前，嗓音压低了，说："月圆之夜的十二点钟，你抽出其中一张纸牌，念一遍这句咒语，'月夜宝石，赐我愿望'，然后说出你的愿望。"

　　他一脸疑惑地看着她。

　　她好像早已经猜到他的反应，咬紧双唇盯住他，说："你现在不相信，到时候你自然会相信。但是，你要记着，每个人只可以许一个愿，愿望成真之后，你要把这副牌送给下一个人，否则，你的愿望会马上幻灭，你的下场会很悲惨。"

"她心地太好了，只是拖延着，想我不要放弃小提琴。"他心里想。那天距离月圆之夜，还有差不多一个月。

直到一个无眠的夜晚，他瘫在客厅的那把白色椅子上，看到一只乌鸦鼓翅掠过天上一轮泛白的圆月，干干的啼声在夜空回荡，他才惊觉又是一个月圆之夜。他心里忐忑地站起来，走到小提琴旁边，拿起那副宝石魔牌。

他打开牌盒，直直地望着那副纸牌，声音微微颤抖地说："月夜宝石，赐我愿望。我要成为世上最出色的小提琴手，我要名满天下。"

他倒抽了一口大气，小心翼翼地从牌盒里抽出一张纸牌，缓缓翻过来，看到那张纸牌上面印着一颗黄铜色立方体，闪着耀眼的黄金般光泽的愚人金。

他怔怔地看着那张牌，看不出有什么特别。突然之间，那颗愚人金的光泽宛若水银似的散开来。他猛地打了一个寒战。这时，他听到小提琴的声音，蓦然回过头来，看到他的小提琴从胡桃木柜子上优雅地飘到半空中摆荡，那支琴弓升了起来，像丝带般在弦线上飞舞，拉出他平时最爱的一支曲子。

他看傻了眼，连忙用双手揉揉眼睛，以为自己看错了。倏忽之间，音乐停止了，小提琴和琴弓静静地降落在胡桃木柜子上。它们躺在那儿，仿佛从来不曾飞升过，一切只是他的幻觉。然而，那支没人拉奏的曲子依然在他耳窝里回荡，像一缕魔音似的躲避不了，提醒他，他确曾听过那样的声音。他走过去，一只手拿起琴抵住下巴，另一只手拎起琴弓搭在弦上。他的胸膛因为紧张而起伏，拿着琴弓的手突然又垂了下来。他害怕，不是害怕这把琴，而是害怕他自己，害怕他并没有变好。他怎么会笨得相信一张纸牌就能改变命运？一连好多天，他连碰都不敢碰那把琴。

然后有一天，无可逃避的练习时间来了，他不得已地带着那把琴来到练习室，在自己的位置上坐了下来。他闻到身旁那股熟悉的铃兰香味，是康薇爱用的香水。

这时，总指挥费城捧着一把古琴进来。邢志仁抬头看到那把已经有三百年历史的意大利小提琴。琴躺在桌子上，像千年古墓里的瑰宝，闪耀着光芒。

"是一位收藏家借给我们演奏的。"费城向大家宣布。然后，他把琴交给康薇，吩咐她说："你来试试看。"

康薇站起来，琴抵着下巴，拉了一支曲子。邢志仁抬眼看着她，她在练习室落地玻璃的逆光中轻轻摇晃，宛若一个美丽的精灵。那圆润的音色仿佛穿越了千年时光向他飘来。噢，他多么渴望可以拉那把琴，那是所有小提琴家的梦想。可惜，这样的琴只有首席才能够拉。

"让其他人也试试看，好吗？"突然，他听到康薇跟费城说。

他偷偷瞥了费城一眼，费城有些惊讶，最终还是点了一下头。

康薇把琴和琴弓递给他。他用微颤的手从她手上接过那把琴，四目交投的一刻，他出于自尊而隐藏了对她的感激之情。然后，他站起来，深深吸了一口气，琴抵着下巴，手拿着琴弓轻轻拂过琴弦。一瞬间，琴音丝丝缕缕地传回他自己的耳朵里，传到他身上的每一根神经里去。一种震颤把他整个人擒住，他看到了每个人脸上吃惊的神色，仿佛他们听到的是此生唯一听过的天籁之音。他眼里漾着光，连自己都被吓到了。他完全变成了另一个人。多少年来，他向往的那个境界、他怀疑自己永远无法到达的那个境界，他竟然一下子就跨了过去。

他双手垂在身旁，嘴唇因激动而颤抖，琴音依然在他胸臆中久久地回荡。他静静地放下琴，回到自己的座位上，手心里淌着汗。然后，他听到像浪潮般的掌声夹杂着铃兰的香味朝他涌来。

离开练习室的时候，费城把他留住，跟他说："这一次演出，小提琴独奏部分，由你来负责。"

他尽量掩饰自己的喜悦，点点头，提着琴离开，天晓得他内心有多激动。

夜里，他坐在客厅那把椅子上，听着外面蚊蚋蟋蟀的嗡鸣，兴奋得无法睡着。隔壁阳台上的灯已经熄了。他站起来，耳朵抵着墙，听不到任何声音。他以为康薇会睡不着，然而，她仿佛总能够睡着。

往后的路，陪着他的是成功的音符。那二十场演出之后，他获得乐评界空前的好评，成为乐团的首席小提琴手。他重新爱上了他几乎已经想放弃的小提琴，常常在练习室里度过。

午后的一天，他拎着琴到练习室去，嘴里哼着歌，不是古典歌，是小玫瑰的歌。心情好的时候，他蛮喜欢流行曲。他绕过院子里那株银杏树，跨进练习室的大堂。这里有一排练习室，左边四间，右边三间。这阵子，乐团正在放暑假，许多同事都回家去了，或是出门远游，练习室许多时候都是空着的，他爱在这里待多久都可以。

他踩着轻快的脚步穿过走廊，就在这时候，他听到小提琴的声音从右边第三间练习室里传来。那扇门虚掩着，他从宽一尺的门缝里看到康薇背朝着他，在午后的微光中拉着一把琴。他静静地倾听着，那琴音宛若五彩缎带在人间翻飞，说不出的诗意和风华。他怔住了。从前因为妒忌她，他一直否定她，从来不肯细细听她拉琴，然而，就在这短短的片刻，他吃惊地发现，她比他优秀。

他颓然转过身子，背抵着墙，墙后面的琴音冲散了他的心情。他这辈子的努力仿佛都是白费的，他的嫉妒又是多么卑微，他从前对她的指控多么差劲！原来，他还是比不上她。

然后，他听到雨。啪嗒啪嗒的雨声盖过了那令他痛苦的琴声，他晃到走廊尽头偌大的落地窗前看雨。这场雨仿佛会下一辈子。

过了一会儿，他听到皮鞋踩在走廊木地板上的声音，回过头去，看到康薇。她拎着琴从练习室出来，看到他时，脸露一丝惊讶。

"雨很大，回不去了。"他朝她低低地说。

她走到窗前，跟他隔了几英尺的距离看雨。他嗅到了雨的味道夹杂着铃兰的气息。

"刚刚还有太阳。"她说。

"你拉琴多少年了？"一阵沉默之后，他问。

"从五岁开始。琴是爸爸教我的，他是音乐老师。"

"他一定是一位好老师。"

她望着窗外，没接腔。

"你喜欢小提琴吗？"她忽然转头问他。

以前，他会毫不犹疑地回答："是的，我好喜欢。"可是，这一刻，他无法回答这个问题，他好像不配喜欢小提琴。

"你呢？"他狡诈地把问题送回去。

"我想，我应该喜欢。"她说。

"雨细了，我也该回去了。"她说着，转过身去，离开了走廊。

他在窗外看到她。她抱着琴盒走在雨中，他仿佛能听到她脚上的鞋子踩在水花中吱吱嘎嘎的声音，那声音是另一种音乐，在他心里徘徊摆荡。前一刻，难过的感觉胀满了他的胸口，这一刻，难言的情意却又甜蜜了他的眼睛。这一天，他没练习。夜里，他靠在椅子上，看着淡隐的星辰。本来已经好转的失眠症今夜又困扰着他。

他没有再抵着墙偷听康薇的声音，却无以名状地想念隔壁的人。

后来有一天，他在旧生会的晚宴上碰到周培伦。他本来不想去的，就是怕遇到曾经和康薇要好的周培伦。但是，老同学都要他去，要他拉几支曲子为旧生会筹款，他不懂推辞。他不能否认，他其实也享受这种成名的虚荣。

在那儿，他遇到了被失恋煎熬成一副可怜相的周培伦。周培伦见到他，热情地把他拉到附近酒吧喝酒，他不懂推辞。

"康薇她近来好吗？"周培伦问他，又自嘲地说，"现在你可以天天见到她，我反而不可以。"

"我也不是天天见到她。"他尴尬地说。

"以前我很妒忌你。"周培伦啜了一口酒，对他说。

"妒忌我？"他吓了一跳。他以为自己了解妒忌，却没想过有另一个人妒忌着他。

　　"康薇时常问起你的事。她喜欢听你读书时的事，你的一切，她都很有兴趣。"

　　"她只是好奇罢了。"他说。

　　"她对我可没那么好奇。"周培伦酸楚地说。他手搭在邢志仁的肩膀上，说："你要好好照顾她。"

　　"你喝醉了。"他别过头去喝酒，避开了周培伦的目光。

　　"她很欣赏你。我常常赞她的琴拉得好，她却说，她只是个工匠，但你是天才，假以时日，你会让全世界的人震惊。"周培伦继续说下去，仿佛要把憋在心里许久的话一下子全都倾吐出来。

　　"你醉得太离谱了。"他的表情凝住了，连忙打了个哈哈，笑出声来，眼睛却看着酒杯，既是高兴，却也夹杂着几分惭愧和悔恨。

　　"你别瞧她看起来冷冷的，她很可怜，自小被她那个严厉的父亲逼着学琴。她好像根本不喜欢小提琴，只是为了责任才勉强走上这条路。"周培伦说着说着又喝了一口酒，"我一点儿都不了解她。"

他没回答，他又何尝了解康薇？直到这天晚上，他才知道自己那样对她多么可恶。

"她夜里常常失眠，关了灯，睁着眼坐在客厅里看着天空，我却什么忙也帮不上。"

周培伦醉醺醺地趴在吧台上，脸埋在手臂里。

邢志仁凝视着已经没有酒的杯底，想起无数个晚上，他抵着墙听她时，她根本没有睡着，跟他一样，像个午夜的幽灵似的，巴巴地望着同一片天空，听着同样的无边的寂静。

他离开了酒吧，飞奔回宿舍。他喘着气掏出钥匙开门，走进屋里之后，发现隔壁阳台上的灯亮着。他搁下琴走出阳台，看到隔着几英尺距离的康薇。她手肘抵着阳台上的栏杆，看着天上那铜镜似的月亮。

他本来有很多话要跟她说，看到她时，却紧张得说不出来，暗暗喘着气。

她朝他微笑点头，看到他上气不接下气的样子，有些惊讶。

"你吃了饭没有？"他随便找了个话题。

她点了点头。

"又是棍子面包？"他问。

她笑了："棍子面包不光是用来吃的。"

"它还有其他用途吗？"他不明白。

她走进屋子里，过了一会儿，她拿着琴和一根棍子面包回到阳台上，琴抵住下巴，把棍子面包当作琴弓，在琴弦之上几厘米的地方轻轻拉奏。

他从没见过她这么活泼的一面，不禁笑了。

"我小时候有一次弄丢了琴弓，爸爸罚我用一根棍子面包来练习，所有同学都笑我。

"我以前好恨他对我那么严厉。他不在了，我有时又会怀念那些苦日子。我现在的表现，一定让他很失望。"她说。

"不，你琴拉得很棒，你是个天才。"他由衷地说。

她摇了摇头："天才就像流星般稀有，我怎会是？我只希望有天不用再拉琴，开一家店，专卖棍子面包。"

他看着她，想说些什么。然而，看到映在她美丽脸颊上的珍珠般的月色，他把想说的话吞了进去。那一轮圆月提醒他，魔牌的秘密，是他无法跟她分享的。

"听说你会离开管弦乐团，是吗？"她问。

他无言地点头。他签给了古典音乐界最具名气的一位经纪人，以后只会做个人独奏。

"恭喜你。"她低低地说，眼里掩不住怅然的神色。

他本来想说些什么，一阵挣扎之后，始终没说。她好像有些失望，转过头去看着天上的满月。

第二天，他上解梦所去，那个招牌不见了，解梦所搬走了，欧媞的电话再也打不通。他无法找到她，一个人茫然地杵在那个空荡荡的地方。然而，墙壁上有挂画的痕迹，地板上也有家具摆放过的痕迹，这一切都不是梦。他本来想追寻那副宝石魔牌的秘密，此刻看来却已经不可能。

离开乐团的那天终于来临。他的东西早就从宿舍搬走了，这天晚上，他回来带走剩下的几件衣服。他走到屋外，最后一次关上门。这时，他看到隔壁门缝下面的光，听到屋里放着小玫瑰的歌，是他最喜欢的那首《那些为我哭过的男孩》。他在心里是为康薇哭过的，为她的天分而哭。

他走过去，手碰到门铃又缩了回来。他多么想把一切告诉她，却又怕她会瞧不起他。何况，这扇门后面的那个女人，是他深深爱着却又不肯承认的。她一直相信他是天才，假以时日会超越她和很多人，谁知道他却等不及了。名利席卷而来，他的音乐风靡了听众，他因此快乐过、陶醉过、骄傲过；然而，他将永远不会知道自己真正的实力，那种感觉多么空虚！他没资格爱康薇，更不想带着谎言留在她身边。她的存在，只会提醒他，他是个作弊的天才。

他拎着衣服，拖着长长的背影朝走廊的另一端走去。要是这一切可以重来，他宁愿不要那张纸牌。他挺起胸膛，迈步走着，留下了告别的不舍。从这一端到她那一端，他身后的这段距离，隔着无法向她坦白的秘密，是他一生中最遥远的距离。

第七章

红缟玛瑙

送你回家

我不再

终有一天，

直 到 一 天 ，

你 说 ，

终 有 一 天 ，

我 不 再 送 你 回 家 ，

我 们 结 婚 了 ，

我 的 家 就 是 你 的 家 。

那 一 刻 ，

我 知 道 我 该 走 了 。

音乐厅的灯暗了，全场满座，只有魏鸿飞身旁的座位是空着的。从舞台上往下看，就像一幅拼图缺了一块儿似的。三年来，他一直买两张票，他想，人们也许会在失散的地方重聚。谁又晓得呢？他身处的这幢大会堂是这个城市的地标，已经有四百年历史。四百年的岁月倏忽过去，时间是诡异的，他和西妮也许是在时光的隧道上走错了路，说不定有一天，当他在音乐厅的座位上偶尔回过头来，会发现西妮一直坐在那儿，从来就没有消失过。

舞台上的布幔卷起，灯亮了起来，邢志仁拎着一把有三百五十年历史的小提琴，在观众如雷的掌声中走上台。邢志仁是他大学时代的室友，毕业之后，他们都离开了原来的城市，各自忙着开展自己的人生。他没想到会在这里相逢。邢志仁已经成了名满天下的小提琴家，不像他那样一事无成。

掌声静止，邢志仁把琴抵着下巴，琴弓轻轻拂过弦线，一个一个动人的音符投向魏鸿飞的心弦，如同往事在他心头蹀躞。漆黑中，他惊住了，合上眼睛静静听着。

三年前西妮失踪的那天晚上，他报了警。跟他录口供的是一个二十五六岁的女警，他听到她的同事叫她阿樱。阿樱是个高个子，人长得漂亮，有一双聪明的杏眼，坐着说话时喜欢用一根手指抵着脸，磁性的声音听起来像电台夜间节目的主持人。

"你们最近有吵架吗？"阿樱问他。

"我们从来不吵架。"他说。

"两个人怎么可能不吵架？我跟我男朋友时常吵架。"阿樱说。

"她这几天有什么特别吗？"阿樱又问。

他想了想，回答说："就跟平常一样。"

"我男朋友说我每天都不一样。"阿樱撇着嘴，然后问他，"你们为什么不住在一块儿？大家都是单身，仍然各自住一间公寓？"

　　他有点生气了，她那么多话干吗？他们应该尽快去找西妮，万一她遇到不测怎么办？

　　"她有亲人吗？"她问。

　　他摇着头说："只有她一个人。"

　　"她会不会离家出走？"阿樱手指抵着脸，望着他说，"有时我也想从生活中逃走呢。"

　　"她不会。"他肯定地回答。

　　阿樱拿着西妮的照片看了看，抬头瞥了他一眼，说："她很漂亮啊，看来是个从小就很乖巧的孩子，跟我不一样，我从小就很野。"

　　这个人为什么老爱把自己扯进人家的事情里去？他瞪着她，气得说不出话来。

　　阿樱好像感受到他的怒气，她放下笔，那双聪明的眼睛深深地看了他一眼，告诉他说："你不是她的亲人，我们没法替你找。"

　　"我是跟她一起三年的人！"

　　"说不定她是刻意避开你呢。"

他又累又冷，气得眼睛红了。

"况且，即使我们去找，找回失踪的成年人，比起找回失踪的小孩，机会通常更渺茫。"阿樱停了一下，说，"我爸爸四十岁的时候在上班途中失踪，到现在还没有回来。"

他惊诧地望着阿樱。阿樱站起来，手抄在背后，走到窗前，深深吸了一口气，说：

"他失踪的那天，也下着雪。"

那天晚上，是魏鸿飞一辈子最难熬的一个晚上。那场雪，一连下了二十二天，雪融了，把他的希望也带走了。

他是在大学毕业后认识西妮的。毕业后，他在城里的一家建筑师行工作。晚秋的一天，他到另一个城市去见一个客户，回程的时候，他在火车上遇见西妮。她就坐在他隔壁，束着刘海和及肩的直发，身上穿着一件桃红色开胸的羊毛衣，映得两颊嫣红，脚边搁着一个棕色格子软布行李箱，就着窗外的日光专心地读着手上的一本书。

他被她深深吸引着，仿佛曾经在时光隧道里跟她相遇。她说不上漂亮，却有一种与众不同的气质，瓜子脸上镶着一双恬静的大眼睛。他惊讶地发现，她正在读的是一本关于古代建筑的书，那一章说的是古代墓穴。

"我读过这本书。"他说。

她带着些许讶异抬头看他，问他："那么，你喜欢吗？"

"除了墓穴这一章。"他笑笑说。

她笑了，脸有些红。

他告诉她说，他是念建筑的。

"我念考古。"她说。

她刚刚大学毕业，正想找工作。

"念这一科，找工作不容易。"她说。

"我有一个朋友在博物馆里的古物图书馆工作，听说他们需要人，我替你打听一下。"

"太好了。"她抱着书，笑得像秋天午后温暖的阳光。

那以后，她在博物馆里上班，租了一间小小的公寓独居，离他的公寓要三十分钟车程。她很喜欢那份工作，从来不请假，勤奋、尽责、对人温柔，上司和同事都喜欢她。

她总是那么善解人意，是他最好的听众。他们志趣相投，两个人都喜欢看书、喜欢音乐、喜欢建筑。他从没见她发过脾气，他们从来不吵架。她有时会在他的公寓里过夜。他不止一次要她搬过来跟他一块儿住，她一直不肯答应。

"要是我搬过来，你是不是不会再送我回家了？"她问他。

"那当然了，我们都已经住在一块儿了。"他说。

"但是，"她抿着嘴说，"我喜欢让你送我回家。不管多么晚了，你还是会送我回去，跟我说再见，我喜欢这种感觉。"

"但是，终有一天，我不会再送你回家。"

"为什么？"

"我们结婚了，我的家就是你的家。"他笑着说，心里却是认真的，有一天，他会娶她。

"在那天之前，我还是想保留这种感觉，让我觉得自己在恋爱。我喜欢看着你离开的背影。"她温柔地说。

他没想到，有一天，他真的再没有送她回家了。三年甜蜜的日子之后，她失踪了。他再没有一个人可以送回家去。

她不见了，他的生活也乱成了一团。他常常请假，到处去找她。起初，上司和同事都同情他，但是，三个月过去了，六个月也过去了，他们的同情心也耗尽了。他缺席太多，工作表现也比不上当初。他由一个最有前途的见习生变成了别人眼中一蹶不振的可怜虫。然后有一天，因为请假遭到拒绝，他愤然递上辞职信。

那天，上司接过他的辞职信，对他说："总共有两个人失踪了，一个是她，一个是我以前认识的你。"

他的上司是他大学时的老师，本来是很器重他的。那一刻，他说不出有多惭愧。这位仁慈的上司从抽屉里拿出一张名片给他，说："这家公司是我朋友开的，规模小，比较随意，你考虑一下吧，我会跟他说说。"

为了生活，魏鸿飞答应到那儿上班。那家公司连他在内只有三个人，老板五年前丧妻，是个忧郁的鳏夫，成天喝酒。他在那里只是做一些室内设计的工作，根本谈不上建筑，但是，他已经不在乎了。

西妮失踪的那天，他们约好在大会堂音乐厅一起听管弦乐。那天黄昏，他接到她的一通电话。她在电话那一头说："鸿飞，我衣服没带够。我有一件桃红色的羊毛衣放在你家里，你带来给我好吗？你知道是哪一件吗？"

"我找找看。"他说。

这是他最后一次听到她的声音。

他的办公室离公寓比较近，下班后，他先回到家里，在衣柜里找到西妮说的那件桃红色羊毛衣。他拿着她的羊毛衣，在音乐厅外面挑高长廊下等着。

最后，那儿只剩下他一个人。他只好拿着门票先进去。然而，直到演出的尾声，他旁边的座位依然空着。

他悄悄从音乐厅走出来，整个人像虚脱了似的。音乐厅外面，走廊的老旧大理石地板湿湿的，是人们鞋底下的雪融成了水。他不知道西妮是不是也走过这些地板，可要是她来过，不可能又走了。

她的电话一直没人接。他跑去图书馆，她不在那儿。他赶去她的公寓，用钥匙开了门。她的东西都还在屋里，她没回来过。

他认定西妮是在去往大会堂的路上遭遇不测。他曾经想过去找灵媒通灵。然而，他却又害怕，要是能够跟西妮的鬼魂说话，那不是证明她已经死了吗？他不想失去最后的希望。

后来，他跟那位女警阿樱吃过几次饭。有一次，他们谈起她那个失踪的父亲。

"我没想过他会遭遇不测。"阿樱说。

"为什么？"他问。

"那是感觉。我反而有另一种想法，我想，我爸爸其实是外星人，他在地球的任务完成了，所以回他的星球去了。"

"他有什么任务？"

"就是把我生下来呀。他失踪的那天，是我十八岁的生日，我在家里等着他的草莓蛋糕呢。你的西妮说不定也是外星人。"

"那她为什么要来？"

阿樱手指抵着脸，眼睛笑了，说："她来，是要给你一段爱情。"

"那她就不该走。"他苦笑。

"那是要让你了解爱情。"阿樱煞有介事地说。

"胡说。"

"她失踪的那天，有没有任何异象？"

"异象？"

"比方说，天上有奇怪的闪光，可能是来接她回去的飞碟在天空掠过。"

"要是她是外星人，为什么偏偏要选上我？你是说，我跟一个乔装成人类的外星人生活了三年，而我并不知道？"他没好气地说。

"你说你们是在火车上认识的，她连一个亲人也没有，这不是很奇怪吗？她也许是突然降落在那一列火车上的。"

"她是孤儿。"他说。

"外星人通常会用孤儿的身份来掩饰自己真正的身份，我爸也是个孤儿。"

"把我的悲伤当成笑话，跟在伤口上撒盐有什么分别呢？"他说。

她合起双手，指尖抵着前额，抱歉的样子。

他无奈地笑笑，虽然她为人天真古怪，然而，三年来，仿佛也只有她最了解他的感受。那个爸爸是外星人的故事，说不定是她编出来安慰自己的，然后又用来安慰他。

无眠的长夜，他常常躺在乱糟糟的床上，回想西妮失踪的那天所发生的一切。他以为他永远不会忘记，记忆却好像愈来愈模糊了，他甚至不敢肯定哪些细节是后来加上去的，又或者他会不会忘记了哪些重要的细节。

那一天，他早上五点钟起来，看了一会儿书，然后开始工作。做不完的工作，他习惯带回家里。六点三十分，他去跑步半小时。七点三十分，他打电话给西妮，准备到她的公寓接她上班。自从他两年前买了一辆蓝灰色的小轿车之后，他每天也会顺路送她上班。

那天，他来到她的公寓外面，西妮早已经在那儿等他了。她身上穿着一件米色的高领毛衣、一条黑色的呢绒长裤，裹着棕色斗篷，手上拎着一个咖啡色提包，是她每天上班用的。她看起来是那么漂亮迷人。她打开车门上车，坐在他身边。他在她脸上吻了一下，她笑得像盛放的花，朝他说："今天好像会下雪。"

"去音乐会之前，想吃些什么？"他问她。

"今天要加班呢。我直接去音乐厅好了。"

"要我来接你吗？"

"不用了。"

"那我先把门票给你。"他说着，空出一只手在驾驶座旁边的储物箱里拿了一张门票给她。

车子停在博物馆外面，下车前，西妮吻了他一下，问他："你看今天会下雪吗？"

他笑笑说："最好不要吧。"

她看着他，好像沉默了那么一刻，然后才走下车。

他目送她的背影消失在早上去博物馆上班的人群之中，那是他最后一次见到她。

而后，是黄昏那一通她叫他替她带羊毛衣的电话。

那件桃红色圆领开胸的羊毛衣是他们邂逅的那天她身上穿的，而今留在他的衣柜里，像个魅影似的。他自己却成了音乐厅的魅影，好像他的灵魂早已经给放逐了。

舞台上的琴声消逝了，他旁边的座位依然空着。他颓然站起来鼓掌，就在那一刻，邢志仁好像看见了他，朝他点头微笑。

他们在大会堂外面的酒吧找了个位子。他和西妮从前喜欢在这里随便吃些什么才去音乐会。他喝着白兰地，从皮包里拿出西妮的照片给邢志仁看，说："要是你见到她，请告诉我。有人说她可能是外星人，我只想知道她还活着。"

"外星人？"邢志仁吃了一惊。

他告诉邢志仁三年前发生的那件事，醉醺醺的，他不知道自己遗忘了多少细节。

"你相信一些不可能的事吗？"邢志仁突然问他。

"你也认为她是外星人？"他沉郁地笑笑。

邢志仁摇了摇头，从怀中取出一个幻彩牌盒，里面放着一副纸牌。

"这是一副宝石魔牌，能够帮助你达成任何愿望。"邢志仁瞥了他一眼，压低声音说，"但是，现在只剩下十五张，万一你抽到的是一张黑色的冰寒水晶，你会马上下地狱。你敢不敢冒这个险？"

他惊诧地盯着那副纸牌。他还记得，很久以前的一个晚上，西妮从博物馆带回来一本关于古代神秘科学的书。他随便翻了翻，在其中一页里读过这副纸牌的故事。这副纸牌属于三千年前埃及法老王最宠信的一个女巫，那个女巫据说法力无边，脾气古怪，连法老王都忌她三分，却又为她惊世的美貌倾倒。然而，那一页同时也说，那只是个传说，从来没有人见过这副纸牌。

"这副真的是宝石魔牌？"他吃惊地问邢志仁。

邢志仁点了点头，那双凝重的眼睛不像说谎。

"要是我抽到冰寒水晶，那就证明西妮已经不在这个世上。我和她会在地狱里相见。"他吐了一口气，说，"给我吧。"

"你必须在月圆之夜十二点钟时抽出一张牌，抽牌的时候，你要念一句咒语，'月夜宝石，赐我愿望'，然后说出你的愿望。你记着，愿望成真之后，你要把这副牌送给下一个人，不那样做的话，你的愿望会马上幻灭，你的下场会很悲惨。"

"它既然是无价宝，你为什么要给我？"片刻之间，他了然明白。邢志仁那有如魔法的音乐难道是……

"我不敢冒险。"邢志仁却说。

但是，虽然只有十五分之一的机会，他也心甘情愿赌这一回。他在西妮带回来的那本书上读过这个故事，说不定这是命运给他的线索。他拿起那副纸牌，咬咬牙，把它藏在怀里。

后来，那个寒冷飘雪的晚上，他站在公寓的一扇窗前，面前搁着一个金色的方形钟。他一只手放在那副纸牌上，看着天空中一轮深浅斑驳的圆月，圆月下吹来一朵雪花，像一只奔跑中的小鹿。他望着方形钟，时间终于停在十二点的位置。他急喘一口气，双手合十，对着纸牌默念："月夜宝石，赐我愿望。请帮我找到西妮，让她活着。"

他浑身颤抖，紧张地打开牌盒，闭上眼睛抽出一张纸牌。他把那张纸牌翻过来，睁开眼睛，一瞬间，他好像看到西妮两颊嫣红的脸朝他微笑。

"西妮！"他喊她的名字。

那张纸牌猝然从他手中飞脱，落到一半的雪在半空中斜斜地静止了，那张牌在他头上优雅飘摇地有如雪花翻飞，他看呆了。等到那张牌停在他眼睛前方，动也不动，他终于看清那不是西妮的笑脸，而是一颗圆形的红缟玛瑙，棕红与白相间，像落日斜阳般耀眼。

第二天，他打开信箱，发现一个没名字的玛瑙色信封里放着一张去B市的车票。

他连忙带着他的黑色背包，坐上一列夜行的火车。从他住的城市去B市，要三天两夜的车程。两年前，他去过B市，没找到西妮。他直觉西妮不会喜欢那种地方。B市是著名的堕落之城，赌场林立，市内有许多色情场所和酒吧，是由黑帮在背后操纵的。然而，B市也是人们口中的美丽之城，这儿拥有最宏伟奢华的大型旅馆，到处都是腰缠万贯的旅客和漂亮的贵妇，市中心矗立着一座二十四小时不停旋转的摩天轮。

列车经过一条漆黑深长的隧道，他看着握在手里的车票。这张车票莫名其妙地放在他的信箱里，假使那张宝石魔牌是真的，那么，西妮就是在B市。他满怀希望，既兴奋却也忐忑，一直没睡着。

列车在一个早上驶进B市火车站的月台。月台上疏疏落落站着几个来接车的人，他把背包甩上背，一个人走出月台。他在那里伫立了一会儿，没有人上前跟他打招呼，他也没看到西妮。

他走出车站，早晨的阳光亮得他眼睛炫花。他到车站对街的咖啡店买了一杯黑咖啡站着喝。他抬头，看到远处那座地标的摩天轮缓缓地旋转。

"先生。"一个少女的声音在他身后响起。

他回过头来，看到一个十五六岁的少女把一张广告传单塞到他手里。

他看看那张传单，上面印着一个大头尖耳怪模样的外星人，他怔了一下，往下看，原来火车站博物馆正举行一个外星人展览。

他想问那个女孩关于展览的事，转眼她却已经不见了。他心头一惊，阿樱那个荒谬的想法不可能是真的吧？

他跟着传单上的指示来到博物馆，在售票窗口买了一张票，跟着其他游客一起往展馆里去。在那儿，他又看到那个派传单给他的女孩。她有一双聪明的眼睛，黑的部分比白的部分多，长着一双像精灵似的尖耳朵，正忙着派传单。

"这里为什么会有外星人展览？"他问尖耳朵女孩。

"你不知道吗？二十五年前，一个住在这里的居民看到一个不明飞行物体在树林里降落，丢下一名受了伤的外星人。据说，研究人员把那个外星人抓回实验室去。但是，市政府一直没证实这个消息。今天是传说那个外星人到访本市的二十五周年纪念，这里展出的是市内中、小学生的画作和模型，主角都是我们心目中的外星人。"尖耳朵女孩说。

他从怀里掏出西妮的照片给尖耳朵女孩看，问她："你见过这个人吗？"

尖耳朵女孩看了看，摇头，把照片还给他。

他脸露失望的神情，但很快就抖擞精神在展览馆里逛了一圈又一圈，留意每一张年轻女性的脸孔。然而，没有一个是西妮，连长得像她的都没有。

"先生。"那个尖耳朵女孩在他正要离去时叫住他。

"什么事？"他以为她想起了在哪里见过西妮。

"你是外地人吧？"

"嗯。"

"会在这里住宿吧？"

"说不定。"

尖耳朵女孩塞给他另一张广告传单，说："我家是开旅店的，拿这张广告传单去有八折优惠，上面有地址。"

他把传单折起来往身上口袋里揣。

"图书馆！"这个念头突然掠过他的脑海。

西妮那时很喜欢图书馆的工作，说不定她还是会选择图书馆。他走到火车站旁边的旅客服务中心。在那儿，他向职员要了一张市内地图，用红笔把图书馆，尤其是古物图书馆圈起来。

他揣着地图，一家一家图书馆去找，拿着西妮的照片问他见到的每一个人，得到的答案都一样——对方说："我没见过这个人。"然后，那些人会好奇地瞥他一眼。

当他从最后一座图书馆出来的时候，天已经黑了。他抬起头，看到摩天轮上面的灯亮了，照耀着带点深红的夜空，比早上漂亮许多。然而，他却迷惘了。

他打了一通电话给阿樱。

"你去了哪里？我没找到你。"阿樱在电话那头说。

"我在B市。"他说。

"哦？原来你去了赌场？"

"车票是不是你放在我信箱里的？"

"什么车票？"

"你不知道？"

"你在说什么？"

"那算了吧。"他想过会不会是阿樱戏弄他，可是她的语气听起来不像。

"你没事吧？"阿樱问。

"西妮也许会在这里。"他说。

"魏鸿飞，"阿樱的语气变得凝重，停了一下，接着说，"三年了，也是时候放弃了。"

他苦笑着没回答。

"什么事情都有个期限，像我们办案，每宗案件都有个追查的期限，期限过了，便不会追查下去，还有很多案件等着我们去办啊，不能死死地把自己扣留在没希望的案子里。"

"爱是没有期限的。"他说。

他听到漫长的沉默。

挂断电话，他在街头晃荡。天黑了，街上的人愈来愈多。赌场、旅馆和酒吧的霓虹灯全都亮了起来，把天空映得一片艳红。他累瘫了，双手深深插在身上大衣的口袋里，无意中摸到一张纸。他拿出来看看，是尖耳朵女孩早上塞给他的旅店传单，他都忘了。旅店就在附近，叫"圆月"。

他跟着地图走，来到"圆月旅店"。这是一家小规模的汽车旅馆，局促的大堂里放着一张两座位和一张单座位的花布沙发。接待处站着一对看来是夫妇的中年男女，很忙碌的样子。

"先生！"一个声音在他身后响起。

他回头，再一次看到早上那个尖耳朵女孩，她手上拎着刚进来的客人的行李。

"你来住店吗？"她一边说一边搁下客人的行李。

"嗯。"

"跟我来。"她说。

尖耳朵女孩带他走出大堂，绕过停车场，来到里面一个干净的小房间。

"先生，你没行李吗？"她瞄了他的背包一眼。

他摇了摇头。

"附近有个小赌场，有许多餐厅和酒吧，都不错。"她一边说一边手脚利落地拿起桌子上的热水壶在水龙头下面注满水，放回电插座上，按下电钮，水壶上的一盏红灯亮了起来。

"出去走走吧。"她离开的时候，突然回头跟他说，语气眼神都突然像个大人。

但是，他今天已经走累了，和着衣服在床上躺下来，不知不觉睡了过去。

"哔哔，哔哔，哔哔……"一阵刺耳的声音把他吵醒。他坐直身子，看到那个热水壶在冒烟，是尖耳朵女孩为他烧的一壶水。他靠在床上，再也睡不着，只好起床，到浴室去洗了把脸，刮掉三天没刮的胡子，背上背包离开旅馆的房间。

他想去吃点东西填肚子。几个醉鬼从酒吧出来，摇摇晃晃地打他身旁走过。两个打扮妖艳的女郎从赌场出来，走上去兜搭他，他避开了。夜色朦胧，所有他看到的东西都好像有了一圈光晕。他既失望也迷失。这时，一只手从后面拍拍他的背，他以为又是尖耳朵女孩。然而，他眼角的余光看到的却是一只黝黑的大手。他朝后看，一个顶着爆炸头的黑人少年满脸笑容地看着他，塞给他一张广告传单，卖力地推销说："先生，赌场里有精彩的艳舞表演，进去看看吧！一张门票附送晚餐和饮品。"

他摇摇头，想走开。爆炸头拉着他的手，把他拉到赌场的大门去，压低声音说："先生，是很难忘的表演呢。"

爆炸头的力道出奇地大，他被推了进去，回头已经不见了爆炸头。他往里面走，歌舞厅外面，观众排着队一个个进去。他买了票，走进圆形拱顶的华丽歌舞厅。他坐在前面一张桌子旁，服务生给他一份烧牛排和一杯香槟。他没胃口地吃着，眼看歌舞厅里渐渐挤满了人。

然后，灯暗了，热闹的歌舞音乐响起，舞台上的红丝绒布幔缓缓地往两边掀开，二十个戴着薰衣草色刘海短假发、浓妆艳抹、穿着性感的比基尼金色流苏舞衣、踩着金色高跟鞋、身材丰满的女郎挥动着手上的一根金色手杖从后台唱着歌走出来，跳起火辣辣的舞蹈。

他已经吃饱了，站起来想要离开。就在那一瞬间，他看到了那张他寻觅多时的脸孔——西妮在那群艳舞女郎之中，烟视媚行的眼睛从上而下俯视观众席，性感的红唇朝观众努了努。他惊呆了。她完全变成了另一个人，不是他认识的那个，也许更不是他要找的那个。

他支着桌子坐下来，震惊地看着台上那个翘着屁股、扭摆着腰、卖弄风情的她，有那么片刻，他以为自己认错了人。她只是长得像西妮，但并不是她。

台上的艳舞女郎突然半转过身子，同时脱掉身上的金色胸罩丢到半空中去，一个个露出丰满雪白的一双奶子继续载歌载舞。观众情绪高涨。他闭上眼睛，没法再看下去。

"不是她！不是她！"他告诉自己。

散场后，他在歌舞厅后台的出口等着。几个换了衣服、除下假发、裹上大衣的艳舞女郎走出来。他心情复杂地等着。然后，一个染了金色长发、裹着艳红大衣和吊带短裙、踩着红色高跟鞋的女人独个儿走出来。

"西妮。"他在后面叫她，心里却希望她没回过头来。

她猛然止步，缓缓朝他回过头来。看到藏在阴影里的他，她脸上的表情凝住了。

他看着她，就在这短短的片刻，他的希望幻灭了。这个人是西妮。

"要去喝一杯吗？这里很冷。"半晌之后，她带着些许微笑说。

没等他回答，她走在前头，他默然无语地跟在她后面。

她走到附近一家无上装酒吧，那儿挤满了人，服务生好像都认识她，扬手跟她打招呼。她选了靠墙的一个位子坐下来。他脸朝她坐下，没法像她那样装着若无其事。

一个胖胖裸胸的女侍走过来问她："娜娜，今天要喝点什么？"

"给我一杯琴酒。"然后，她问他，"你呢？"

"一样吧。"他回答说。

他看着她。原来她换了个名字叫娜娜。

她点了一根烟，手势熟练地缓缓抽起烟来。他简直无法相信她是以前的那个西妮。

"是不是有人逼你做这种事？"他压低声音问她。

她怔了一下，仰头大笑出声，然后垂下眼睛，定定地望着他，说："鸿飞，我是自由的。"

"我一直在找你。"他呆了半秒才说话，心里有气。

她听了有些惊讶，徐徐吐出一个烟圈。

"为什么？"他恨恨地问。

酒来了，她啜了一口酒，瞥了他一眼，说："对不起。"

他火了，说："你以为一句对不起就可以了？三年了，我到处找你，担心你，害怕你遇到不测，原来你好端端在这里跳这种舞。"

"有三年那么长吗？"她略微感动地看了看他，"那么，你应该忘记我。"

"你说得倒轻松。"他嘲讽地说。

"你以为你了解我吗？"她问。

"我曾经以为。"他自嘲地说。

"我们是在火车上认识的吧？"她停了一下，又说，"那天，我并不是要去找工作，而是刚刚离开了一段我过了差不多一年的生活。我没想到会遇上你。"

他讶异地朝她看，不明白。

"那个人很爱我，但我还是离开了。我并不是第一次做这种事。我不是孤儿，但是也跟孤儿差不多吧，爸爸妈妈各走各路，把我丢给亲戚，按月寄给我生活费。我的事一向没人管。我倒是喜欢这种人生。也许是不负责任的遗传基因作怪吧，不管我的生活其实多么幸福，也不管周遭的一切多么惬意，我总会想溜出去。"

"即使真的是你说的这样，你也用不着不辞而别。"

"我跟你一起的日子是最长的，连我自己也奇怪我为什么还不溜走。那时我真害怕我会安定下来。直到一天，你说，终有一天，我不再送你回家，我们结婚了，我的家就是你的家。那一刻，我知道我该走了。"

"为什么？你那天还要我带毛衣给你。"他无法明白。

"那天下雪了。我告诉自己，要是下雪，我就走；要是没下雪，我就留下。结果，那天下雪了。我讨厌雪。"

"我们的感情就这么儿戏吗？"他冷笑。

"我没法开口跟你说再见，没法跟那些和我生活过的人说出这种话。"

"你却做得出来。"

"随你怎么说吧，你可以恨我。"

"你为什么要过现在这种生活？"

"我喜欢这种生活啊，跟以前的生活完全不一样，这是我的人生。"她弹了一下烟灰说。

"但你毁了我的人生。为了找你，我连工作都丢掉，放弃了自己，你太自私了！"

他从嘴里吼出来。

"我就是这么自私，我没办法。"她眼里掠过一丝无奈。

他咬着唇盯着她。

"我并不想那么自私。"她说，"但是，从生活中逃走，过着完全不一样的人生，是多么刺激啊。许多人光说不做，我不说，但我敢做。"

他看着她，她是他曾经爱过、一起生活过的人。这一刻看来，却是多么陌生。他本来想好了千言万语重逢的时候说，却再也不知道可以说些什么。

这时，一个穿着黑色皮夹克和牛仔裤、身材魁梧的男人走到他们跟前，他看上去二十八九岁，长得颇俊朗，眼神带点幼稚的骄傲。他恶狠狠地瞪了魏鸿飞一眼，转头问西妮："这个人是谁？"

"旧朋友。"她懒懒地回答。

"旧情人吧？"他满脸狐疑。

"你滚回去吧。"她啐了他一口。

"你呢？"

"我待会儿回去。"她说着把他打发了。

那个男人瞅了魏鸿飞一眼，讪讪地出去了。

她不屑地瞄了瞄他的背影，说："我可能很快就会离开他，他是个头脑简单的白痴。"

"跟我一起的时候，也觉得我是个白痴吧。"他幽幽地说。

她捻熄了手上的烟，瞥了瞥他，说："你太好了，我不值得的。那种生活不适合我。"

"什么生活才适合你？"

"我是会一直逃走的那种人，除非我再没有气力逃走。"她站起来，把酒钱丢在桌子上，朝酒吧的大门走去。

"等一下。"他说。

她朝他回过头来。他拿起背包，从背包里掏出她那件桃红色开胸的羊毛衣来，站起身，问她："我带了毛衣给你，是不是这一件？"

她咬着唇，怔怔地看着他，眼里有泪光浮动。

他怜惜的目光凝视她。她太自私了，可他发现自己还是爱她。跟她一起的时候，他并不懂爱。失去了她，他才学懂了爱。爱是没有期限的，就像那座一年三百六十五天二十四小时不停旋转的摩天轮。他来这里，只是想知道她还活着。她没有遭遇不测，那么，他所受的苦又算得上什么？他终于可以松一口气，不用再找她了。

她脸上的笑容颤抖着，说："是的，就是这一件。"

然后，她把那件毛衣揣在怀里，转过身去，穿过拥挤的酒客和裸胸女侍，朝门口走去。

"保重。"他在她身后说。

音乐很吵，她好像听到了，停了一下，却始终没有回过头来。

他看着她，她改变了身份和名字，过着另一种人生，走路的姿势却没法改变，还是他熟悉的，是他三年前初雪那天目送着离开的同样的背影。

〔完〕

图书在版编目（CIP）数据

致遗忘了我的你 / 张小娴著. — 北京：北京联合
出版公司, 2015.6

ISBN 978−7−5502−4973−8

Ⅰ.①致… Ⅱ.①张… Ⅲ.①长篇小说－中国－当代
Ⅳ.①I247.5

中国版本图书馆CIP数据核字（2015）第062746号

本书经由青河文化事业出版有限公司授权
本书限于中国内地发行

致遗忘了我的你

作　　者：张小娴

选题策划：北京磨铁图书有限公司

责任编辑：管　文

封面设计：奇文云海

排版制作：刘珍珍

北京联合出版公司出版
（北京市西城区德外大街83号楼9层　100088）
北京盛通印刷股份有限公司印刷　新华书店经销
字数101千字　880毫米×1230毫米　1/32　印张7
2015年6月第1版　2015年6月第1次印刷
ISBN 978−7−5502−4973−8
定价：35.00元